我们的阅读史

张阿龙　主编

民主与建设出版社
·北京·

图书在版编目（CIP）数据

我们的阅读史 / 张阿龙主编 . —北京：民主与建
设出版社，2021.5

ISBN 978-7-5139-3540-1

Ⅰ. ①我… Ⅱ. ①张… Ⅲ. ①散文集－中国－当代
Ⅳ. ① I267

中国版本图书馆 CIP 数据核字（2021）第 086964 号

我们的阅读史

WOMEN DE YUEDUSHI

主　　编	张阿龙	
责任编辑	周佩芳	
封面设计	陈　姝	
出版发行	民主与建设出版社有限责任公司	
电　　话	（010）59417747　59419778	
社　　址	北京市海淀区西三环中路 10 号望海楼 E 座 7 层	
邮　　编	100142	
印　　刷	河北信德印刷有限公司	
版　　次	2021 年 8 月第 1 版	
印　　次	2021 年 8 月第 1 次印刷	
开　　本	710 毫米 ×1000 毫米　　1/16	
印　　张	13	
字　　数	200 千字	
书　　号	ISBN 978-7-5139-3540-1	
定　　价	55.00 元	

注：如有印、装质量问题，请与出版社联系。

编 委 会

序　言

　　金源故地，文脉千载。在这片富饶而神奇的土地上，勤劳质朴、开拓进取的阿城人民描绘着波澜壮阔的伟大历史画卷，演绎了一个又一个平凡生命的不朽传奇，按出虎水源远流长，松峰山上林木莽莽，山水流转，日月常在，一代代，一年年，生于斯，长于斯，共同铸就了这个北国名城的精神气质和金源文化的不俗荣光。

　　阿城教育就从这片沃土上生长起来，它承载着百姓的期盼，肩负着历史的重任。它如北国秋日金色的麦浪成熟喜人，它如挂满枝头的红色硕果让人艳羡。一辈辈阿城教育人播种、施肥、培育，一代代祖国需要的人才走向他们的工作岗位。教育成就了个体，教育更成就了社会，教育让社会公平、人民幸福得以成为可能。教育有时就是一道沟渠引领着知识和人性的流水走向光明的远方，教育更像山顶的一棵苍松，让人不自觉地受到影响，接受作为坚强的意象。

　　在阿城教育这块沃土上，我有幸和教育系统的广大教育工作者一同耕耘、一起奋斗，见证了阿城教育日新月异的变化。在以区教育局党委书记、局长赵立君为核心的党委班子的坚强领导下，城乡学校的美丽校园已成为阿城的一道景观；朝气蓬勃的青年教师给教师队伍带来了春天的希望；连续攻坚拔寨，带来的是创建教育信息化试点区、省部共建现代农村职业教育试验区、义务教育基本均衡区、省级研学试点区和劳动教育示范区的不断成功。阿城的教育教学质量是有目共睹的，近年来已跃居哈尔滨市中上游行列。在各方的关怀和支持下，阿城教育人蹚过历史的河流，创作出无悔的人生乐章，为社会的发展贡献着汗水和力量。

2019 年，我们更是乘着新教育的东风，踏上通向幸福教育的快车，在新教育"十大行动"里浸润，在"过一种幸福完整教育生活"的愿景中漫游，我们多年来的书香校园建设的积淀在这样的背景下努力向世界开出一朵花，努力擦亮每一颗蒙尘的星星。阿城成功加入新教育实验区，10 所小学成为新教育实验校，这成为阿城教育加速发展的有利契机，为阿城教育提供了与全国各地新教育实验区交流学习的广阔平台。在此背景下，新教育修能读书会应运而生，这是一个区域教师阅读组织，是一个学习共同体，以"修能立身、乐教兴邦"为口号，让读书、思考、写作成为教师们共同的生活方式，成为教师专业发展的有力武器。新教育修能读书会现有会员 30 余人。"修能"二字取自《离骚》，"纷吾既有此内美兮，又重之以修能"，旨在立足新教育，团结和凝聚全区热爱阅读、追求卓越的广大教师，打造以阅读为特色的学习共同体，服务教师、服务教学、服务区域教育发展，和教师共同过一种幸福完整的教育生活。朱永新先生强调：专业阅读是站在大师的肩膀上前行，专业写作是站在自己的肩膀上攀升，专业交往是站在同伴的肩膀上飞翔。"三专模式"为新教育修能读书会教师的发展注入了强大动力，他们的勤奋刻苦、不断坚持和不断生产的物化成果也成为引领学校教师成长的火红旗帜。

朱永新先生说过：一个人的精神发育史就是一个人的阅读史，一个民族的精神境界取决于这个民族的阅读水平，一个没有阅读的学校永远不可能有真正的教育，一个书香充盈的城市，才能拥有美丽的精神家园，共读共写共同生活才能拥有共同语言、共同密码、共同价值。书香校园始终是一个学校最基本的精神底色和文化基因，同时也是一个地区文化传承水平的重要参考。推进书香校园建设能够促进师生、家长、社会形成合力，成为促进社会文明及和谐社会建设的重要基础。当师生、家长向一本本闪耀着智慧、传递着温情的好书走去，他们便走向了自我认同和自我建构的心灵旅程，他们便在不知不觉中悄然改变。

长期以来，受多方面因素影响，一些老师出现了职业倦怠，忘记了最初的梦想，失去了作为教师的幸福感受，他们把自己局限在一个只有分数和考试的世界，而忽略了心灵的辽远和世界的阔大，这种影响不仅伤害了自己，也影响到了学生和家庭。如何找到作为教师的幸福感和自豪感，蓬勃起生命的热望和对学生未来的自信、对职业的认同，我认为是非常重要的事。而新教育提出的"过一种幸福完整的教育生活"的理念正逢其时，永不过时。这是引领教师在精神层面找到自我、肯定自我、发展自我的思想力量和发展航标。

新教育修能读书会自成立以来，开展了十余次活动，从个人阅读史的写作到每月一篇书评，从读刊评刊到赠书活动，从线上分享会到线下听讲座，极大地调动了会员教师读书写作的热情，帮助他们更加深刻地认识自己的教育生活，更加主动地观察反思改进自己的教育行动，我们欣喜地看到，每位读书会成员都积极参与、主动阅读、坚持写作，他们都能挤出阅读时间、发现阅读乐趣、坚持写出原创文字，努力成为不一样的自己，努力朝向明亮那方前进！

每一位教师的阅读史都是他们个人的成长历程，个人阅读史里面有老师们儿时的记忆、有他们跋涉的足迹、有他们与书相伴的日子，正是那些阅读的经历成就了他们今天的自己，他们也将在阅读中走向未来。编辑个人阅读史的意义还在于在新教育修能读书会这个学习共同体中教师们互相温暖、互相照亮、互相启迪，这是专业交往的重要方式，相信这样的阅读史也会照亮每一位热爱阅读的老师，在他们心头投下幸福的微光。

是为序。

张阿龙

2020 年 8 月 10 日

目　录

阅读，和世界站在一起

黑龙江省哈尔滨市阿城区教育局　张阿龙

1996 年夏的一天，我骑着一辆单车向我要报到的单位奔去，阳光灿烂，青春似火，心中对未来充满美好的希冀，然而令我没想到的是，等待着我的是一所偏远的村小，记忆中还飘来村边牛粪的味道，12 名老师，400 名学生，两栋平房，一口老钟敲响晨昏日暮。艰苦是一种磨炼，苦难是一种财富。每一天，我都带好我的那个铝饭盒，开始一天的忙碌。备课、上课、批改作业，和学生聊天谈心，与学生斗智斗勇，和他们一起热火朝天地劳动，去他们每个人家里家访，每天忙得不亦乐乎。我曾组织少先队大队委员会的成员高举火红的队旗去探望贫困户，组织环保小卫士到城区擦洗交通护栏，曾与城区学校开展手拉手助学活动，那些岁月里跳动着的是一个年轻人激越的红心，是一种敢于闯荡、无所畏惧的豪情，当然，还有无法抹去的青春的懵懂与浅薄。

还好，我保有一颗童心和热爱阅读的习惯，因此，得以身居僻壤乡间而不自闭，位卑责小而不自轻。阅读让我的灵魂得以明净，让我的心灵得以舒展，更让我体会到自由的美好。我很幸运没有经受高考的洗礼，直接进入师范学校学习，在那里，我养成了阅读习惯，更养成了自由而随性、自我而乐思的生活品格。在我看来，阅读是一个关于世界的大事，这个世界是内心世界和外部世界的集合，在阅读中，我们得以观照自己的内心，正视自己的人生得失，飞短流长，更可以穿越千古，海阔天空，与他者进行心灵的对话。阅读是与世界站在一起的。熊培云说"自由在高处"，阅读也让我们站在了思维和人文的高处。我曾一度痴迷阅读诗歌，每每徜徉在诗歌的小径中，总是令我惊喜无限，那每一个瑰丽的想象，每一个和谐的韵脚，每一丝普世的温情，都让我欲罢不能。尤其是那些现代诗歌，体式自由，毫无拘束，意象鲜明，美寓其中。原来，我一直是那个寻找美的人，在欣赏美的过程中，我的人生也美丽起来了。许多读过的诗歌都忘记了，但那令人快慰的诗情却留在了我的血液中。一直很喜欢牛汉的诗，比如"我是根／一生一世在地下／默默地生长／向下，向下……／我相信地心有一个太阳"，让我相信坚韧和奉献的力量；比如"关死门窗／觉得黑暗不会再进来／我点起了灯／但黑暗是一群狼／还伏在我的门口"，让我感受到了作者内心的孤独，他用诗歌在生命的夜里升起了光明。海子的"从明天起，做一个幸福的人／喂马，劈柴，周游世界／从明天起，关心粮食和蔬菜／我有一所房子，面朝大海，春暖花开"让我们内心对未来充满虔诚的渴望。阅读诗歌看似与教育无关，但恰恰与教育的关系重大，每一个教育人都应该有一种诗意，没有诗意的教育是苍白的，没有诗意的教育是没有力量的。教育是培养人的活动，不能简单地沦为考试的帮凶和知识运输的工具，要在诗意的浸润中成就人生的美好。

作为教师不阅读是可怕的，难以想象教师们经年累月地在题海辛勤劳作，每日担心的仅是学生考试分数的高低和班级的排名，很难想象教师成为一只在原地拉磨的毛驴，为自己每日的劳作果实沾沾自喜却无法挣脱桎梏而走向广阔的田野。苏州原景范中学校长顾苏云说："教师有时越努力离教育原点越远。"这句话说得很好，指出了教育的方向问题，作为教师需要时时纠正自己的路向，避免将学生引至偏僻的小路。在乡村的教学实践中，我常常感到沉闷与茫然，沉闷的是我们仅仅将教育作为谋生的手段，每天如蜜蜂般忙碌，毫无专业尊严可言，我就曾教过几乎学校所有科目，还曾同时教过两所小学的英语课程。茫然的是，在我的身边几乎看不到什么灵魂人物，我的专业发展方向无人能给以强有力的引领。于是，苦闷和孤独如影随形，我开始关注教育阅读，企图在阅读中找寻到一丝微光。起初，我订阅了一些刊物，如《教师博览》《青少年书法》《中小学英语教学研究》，但我发现这种零散不成系统的阅读并不能从整体上提升自己，当然，杂志的阅读还是带给我许多益处，尤其是在阅读《中小学英语教学研究》杂志的过程中，我了解到了前沿的教育资讯，成为英语科研课题的关注者和实践者。在教学中，我发现许多学生的英语学习兴趣不足，学习方法不当，于是申请了《小学生英语学习策略的研究》，成为了国家级课题的主持人，获得资助金 5000 元，对小学生英语学习策略有了进一步的思考，走在了教学研究的路上。杂志的阅读远远没有满足我专业成长的渴望，在业余时间我如饥似渴地读着教育学、心理学等书籍，期待从学历上提升自己，十年的学习苦旅，我怀着田野间蒲公英般小小的飞翔梦想，等待自己心灵与思想的成熟，从成人高考大专到自学考试本科，再到双本科，再到在职硕士研究生，再到全日制硕士研究生，我走过了一条人迹罕至的学习之路，却也收获了自己精神的金色麦田。记得 2002 年读到肖川的《教育的理想与信念》一书时，我激动不已，没想到还有这么富有哲思的优美文字，我想我找到了精神上相同尺码的人，这本书坚定了我的教育理想与信念，让我深切地体会到教师不能仅仅停留在探索教育之术上，而要站高一层探寻教育大道，不能只想做一个教育匠人，而要在教育的生涯中寻得教育艺术之美、教育思想之妙。后来，有几次在《青年教师》上发表的文字竟然与肖川老师发在同一期上，感到非常幸运。记得写过一篇《小学真好》正好回应了肖川老师的《大学真好》，我想不论我们处于何样处境之下，以一种平和静好的姿态对待工作和生活就是幸福的。谈到教师的幸福，不得不谈到陈大伟的《创造教师的幸福生活》，这本书将哲学思考与教师幸福紧密联系起来，旁征博引，案例丰富，启发我深入地看待教师这个职业，思考如何创造自己的教育幸福。在陈老师的引领下，我学会了调整生存取向、内化和外化三个提升自己的方法，并努力在工作生活中践行，后来我的新浪博客也一度起名叫作"做一个幸福的教师"。其实幸福是主观的，每个人对幸福的感受都不尽相同，那么教师又何必追求和别人心中一样的幸福呢，衣食无忧、兄弟无故、得天下英才而教育之，这不也是绵长的幸福吗？能够和那些美好的书籍相遇，和那些富有哲思的人对话不也是难得的幸福吗？

　　读研期间，是我阅读教育理论和专业书籍较为系统的一段时光。我怀着深深的感恩，背起行囊，真正地进入了我一生中真正的大学，圆了我的大学梦，这看似不可能的事在工作多年的我这里竟然成为了现实。走进大学，最为开心的就是能够在图书馆借书，在阅览室看书，在那里可以享受宁静与闲适，可以享受思考的快乐。那段时间里，我系统地阅读了《语文科课程论基础》《语文教学内容重构》《中学语文课程与教学论》等语文学科专业著作，知道了王荣生、孙绍振、曾祥芹，这些教育专家的学养和品格让我深深敬佩。因为当时撰写的毕业论文涉及了儿童文学，所以阅读了大量的儿童文学方面的著作，深刻认识到儿童及儿童文学的意义与价值，这为我教育自己的孩子打开了一扇窗。每到周末，我都给孩子带回一些适合他的儿童读物，每次孩子都像等待喂食的小鸟一样焦急而欣喜地盼望，那是在渴望饮到书籍的琼浆呢。曹文轩的《草房子》和《青铜葵花》让孩子体会到了苦难与人性的美好，E.B. 怀特的

《精灵鼠小弟》、罗尔德·达尔的《了不起的狐狸爸爸》让孩子体会到了幽默的乐趣，米切尔·恩德的《毛毛——时间窃贼和一个小女孩的不可思议的故事》让孩子对"灰先生"念念不忘，而"毛毛"的制胜法宝亦即她的精神力量将永远给孩子以鼓舞。那段时间，家里总是洋溢着各式各样从书里飘出来的快乐。正是在那些儿童文学作品中，我和孩子共同回归人性的美，共同经历了作家们提供的生动的、丰富的、有趣的世界。那时，从哈师大江北校区到阿城的家需要三个小时，可每次想到能和孩子共同沐浴在儿童文学的光辉下，我们一家三口的心都在期待中变得温和与柔软。通过我的阅读带动了全家的阅读，营造了家庭的阅读氛围。

研究生毕业以后，我被调入机关从事文字工作，这项工作开阔了我的视野，进一步提升了自己的思维能力和文字水平，我的阅读能力也随之增强。我得以进一步走进教育书籍，从阅读中获取知识和思想的养分。这几年，许多教师都对我的阅读产生过影响。比如闫学，读了她的《教育阅读的爱与怕》，深深沉醉在她细腻和优美的文字里，沉醉在她对教育和生活的热爱中。又如刘波，他从一个普通的中学心理教师开始做起，成长为一名知名教育阅读推广人，至今已出版了多本专著。他善于发现和总结，有着非凡的阅读力、学习力、成长力，将教育科研做得风生水起。他的文字朴实无华，但他的实践实实在在。对我影响最大、帮助最多的当属原上海市虹口区教育局常生龙局长，常局通过自己的阅读引领着虹口区乃至全国教育同行的阅读，他的《读书是教师最好的修炼》《给教师的5把钥匙》都成了畅销书，有着广泛的读者群体，通过与他进行博客互动，我更好地把握了教育的脉搏。我每次到他的博客拜访，他总是第一时间礼貌地回复。他的平易近人让人感动。在他出版《给教师的五把钥匙》之后，我认真撰写了一篇读后感，常局通过微信转载并给他90岁高龄的岳父阅读，没想到得到了老人家的由衷赞赏，后来常局又贴心地将这篇读后感推荐到了一家杂志，真是让人感动，虽然萍水相逢，但相同的阅读爱好将我们联系到了一起，成为心灵上的知己，他的治学态度和教育情怀成为我学习的榜样。还有一个团队不得不提，那就是源创图书，和他们接触缘于我们阿城区教育局组织的一次教学工作突出人员奖励活动，当时，局长要奖励一批图书，让我负责具体事宜，我第一时间就想到了源创教育，因为他们的图书质量和亲民意识都是行业翘楚，尤其是那句"以图书出版推动教育进步"的口号深得我心，后来虽然合作未成，但彼此有了了解并建立起了联系。胡斌、李玲、徐艳娜等未曾谋面的热心编辑和发行人员将我引入源创图书的海洋，让我在其中自由遨游。他们按时赠阅的图书、温馨的节日祝福以及对我书评的厚爱与推介，带给我深深的感动，在源创的引领下，今年，我已经阅读了10余本教育图书，每一本都认真写了书评。人海茫茫，相遇是缘，而相知即是美好，唯有更加珍惜这样的阅读机会才能回馈源创团队的关心和厚爱。

花香何及书香远，美味怎比诗味长。阅读帮助我们实现了心灵的成长和生命的安顿，让我们得以过上幸福而完满的教育生活。柏拉图认为，沉迷在可见世界里的人，就像被禁锢在洞穴中的人，而阅读让我们走出洞穴，与世界站在一起。

——原载于《新班主任》2017 年第 2 期

携一缕书香　伴我成长

黑龙江省哈尔滨市南岗区花园小学　李彩凤

书，让人能沉浸在其中，忘却一切烦恼。读书就像是流连于美景之中，流连于梦幻之中，流连于惊险之中，流连于美丽的故事之中……读书，就是和作者的谈心，和主人公的相遇，有很多的期盼，有很多的惊喜，甚至是出乎意料的叹息。从小到大，读过的书不少，但很多都早已沉淀在记忆深处，随着年龄的增长，刻骨铭心的也越来越有限。也曾惶恐过，担心庸庸碌碌的生活让人把读过的书都忘光，但直到看到了一个关于读书意义的回答："当我还是个孩子时，我吃过很多的食物，现在已经记不起吃过什么了，但可以肯定的是它们中的一部分已经成长为我的骨头和肉，读书亦然。"这个解释令我释然，生活就是这样，来来往往，去去留留。一直喜欢读书，不过看书只是当作爱好，当作消遣，真正有多少收获，却很难说。一说到阅读史，仿佛有多么长的跨度，便觉得自己没读过多少书，仿佛不值得书写和记录，可是细说回来，从识字开始的阅读也应该持续了二十多年之久，也可以溯源而上，整理一番自己的读书历程了。

懵懂的小学时光

儿时对于读书的记忆竟是很模糊的。印象最深的是三四年级时城里的亲戚送给我的几本书，当时我如获至宝。那是几本珍贵的童话故事书：《格林童话》《安徒生童话选》等。那时候看着这些故事，感觉这个世界真美好。依稀记得那故事中美丽的白雪公主、善良的珍珠姑娘，记得童话里善良的穷苦人总是能遇到美丽的仙子，总能过上美好、幸福的生活，心里满满的是善与美的记忆。那时候也看过一些动画片，《西游记》是伴着我们长大的，喜欢孙猴子的聪明、活泼，喜欢他们间的打打闹闹，很有意思。童年的记忆里，总是在期待，那美丽善良的仙子、法力无边的神仙能突然出现在我的面前，传授我法力，带我去参观天堂。

青涩的初中记忆

上了初中之后受语文老师的影响，慢慢开始接触一些有文学性和故事性的书籍：吴承恩的《西游记》、高尔基的《童年》《在人间》、巴尔扎克的《高老头》和《欧也妮·葛朗台》。其实那时候的自由时间不是很多，受应试教育的影响，每个学生都是专心研究语数外等与考试有关的书，因此学校的图书馆也只是个摆设，甚至很多情况下门都是上锁的。但好在我们有一个很爱文学的语文老师，她极力鼓励我们多读课外书，而且她会把自己爱看的书拿到我们班上传阅。记得当时翻到了《红楼梦》时，心情是有些激动与期待的。虽然很早就听过这本书，但从来没有接触过，只晓得里面有个林黛玉和贾宝玉，还有个刘姥姥，并不知道里面具体的一些内容，就决定要去翻阅一下，但不知道为什么，可能是自己的囫囵吞枣，看完后的感触没有想象中的那么大。感触刘姥姥的不易，感触林妹妹的可怜，感触宝黛爱情中所包含的命运弄人，感触当时封建社会的冷漠与残酷。当然，也感受到了书里面文采的细腻与飞扬，记得当时班上几乎人人会背《葬花吟》，甚至会不由自主黯然神伤……

初中时期对鲁迅的了解也稍微多了一些，通过他的弃医从文，可以看出他的救国心切，他写祥林嫂、写孔乙己、写阿Q是对人心的一个深刻的揭露，写老栓和小栓突出了当时人们的愚昧无知，他想要通过自己的笔尖来传达唤醒人们摆脱愚昧的强烈愿望，他告诉人们：不在沉默中爆发，就在沉默中灭亡。因为对他个人的崇拜，当时把鲁迅的"横眉冷对千夫指，俯首甘为孺子牛"还写在了自己的日记中。中考结束的假期，也看了很多的杂志类书籍，其中《读者》《青年文摘》都是我的最爱，看的大多是充满哲理的小故事，让人感悟无穷。想想自己对阅读的兴趣，应该感恩于初中这位年轻且激励我们不断阅读的女老师。

师范的五年岁月

我阅读的顶峰时期是在念师范的这五年。由于学校离家较远，一学期才回家一两次，所以周末的时间都花在看小说了。那时候，一个宿舍的姐妹们每到周末逛街购物完，最后一定要去家属楼的小书店里去借一堆的小说，回来大家轮流看。看得最多的当然是各式各样的言情小说，其中记忆犹新的是台湾作家席娟的书，那些缠绵悱恻的爱情故事不知打动了多少少女的心。偶然间，我又接触到了琼瑶的书，这一看不打紧，让我彻底地成了她的忠实粉丝——我几乎借遍了所有她的书，熬夜苦读，至今想起当年的痴迷与热恋，还觉得不可思议。

我不仅爱看通俗小说，更爱看世界名著。从法国大仲马的《三剑客》《基督山伯爵》、小仲马的《茶花女》，到《简·爱》《傲慢与偏见》《理智与情感》《飘》……还有许许多多的名著都被我看了个遍。当时迷恋《简·爱》，还找出翻拍的电影翻来覆去地看。有过电影的比照，有些情节烂熟于心，有些台词至今张口就来："我的心灵跟你一样丰富，我的心胸跟你一样充实！要是上帝赐予我一点姿色和充足的财富，我也会使你同我现在一样难舍难分，我不是根据习俗、常规，甚至也不是血肉之躯同你说话，而是我的灵魂同你的灵魂在对话，就仿佛我们两个人穿过坟墓，站在上帝脚下，彼此平等——本来就如此！"简对待生活的态度及对爱情的忠贞和执着，也带给了我极深的震撼与影响。

因为受到语文老师讲《林黛玉进贾府》的影响，我又开始回过头看起《红楼梦》。反反复复又看了几遍，奇怪的是，再次品读和以前的感受截然不同。少年时期觉得林黛玉很可怜、王熙凤很坏、薛宝钗很虚伪，成年之后再读，又觉得每个人都有自己的不容易，我不光看红楼，连同有关《红楼梦》的评析的书籍也买了不少，应该可以算是半个红学迷吧！以至于心血来潮，还将里面的一些经典诗词摘抄识记。

初为人师的十年

我随心所欲的阅读史，在正式成为一名人民教师后，发生了转折——我开始尝试着阅读专业书籍。日本作家黑柳彻子写的《窗边的小豆豆》，让我对"巴学园"充满了向往：我也想为我的学生们打造一个理想的"巴学园"，成为受学生爱戴的好老师。吴非先生写的《不跪着教书》，让我看到一代大家对当今教育乱象的鞭笞，看到了一个挺直了脊背的师者。我过看他的书，听过他的讲座，他给我的影响至深。当然，还有我的良师益友景艳春校长、詹桂梅老师，他们都是我成长道路上的引路人。正如景校长所说："面对那些愿意伸出手来帮助你的人，该如何报答呢？唯有成长，成长为更优秀的自己！"于是，《小学语文教师》成了我的必订书籍，《最牛的教师》给了我无穷的动力，《班级管理方法指导》又在我的班主任道路上为我指明方向。

成家生子的几年

可能是受成家生子的影响，加之生活琐事拖累，近几年自己的读书热情有所减退。一些真正专业的理论性书籍很难再看下去，一本《爱弥儿》看了好久到现在也没有看完，《学会生存》《哲学与人生》等书籍都是随手翻一翻就束之高阁。我曾经给自己下过决心，每年精读 5 本专业书籍，并且要做好摘抄笔记，但始终以这样或那样的借口让自己偷懒、不付诸行动。这可能得算是我荒于阅读的时光了。

新教育的影响

2016 年，受我区开展新教育的影响，我因此看了一些关于新教育的书，如朱永新教授的《新教育》《我的教育理想》，还看了《一间可以长大的教室》和《第 56 号教室的奇迹》等。因为这些书，让我爱上了新教育，更加坚定了自己追寻新教育的信念！新教育实验是一个以教师的事业发展为起点，以"十大行动"为途径，帮助教师和学生过一种幸福完整的教育生活为目的的教育实验。朱永新教授认为，一个人的精神发育史实质上就是一个人的阅读史，而一个民族的精神境界，在很大程度上取决于全民族的阅读水平。他说，在学校就要读书，读书就意味着教育，学校就是一个师生共同读书的乐园。而学生读书的兴趣与水平又直接受教师的读书兴趣与水平的影响。教师读书不仅是学生读书的前提，而且是整个教育的前提。如何以自身的阅读带动学生的阅读，让孩子们能在他们的童年和这些美好而永恒的经典相遇，让这些经典为孩子们铺展一个丰厚广阔的智力背景，一直是我思考与努力践行的目标。正如那句话指引：教育的本质是一棵树摇动一棵树，一朵云推动一朵云，一个灵魂唤醒另一个灵魂。

生命是一段不断学习的美好历程，时时充实自己的内涵而不炫耀，人生的路上才会处处有美景。除了阅读和新教育有关的书籍，其实真正令我心胸俱醉，荡涤灵魂的是那些经典名著《老子》《庄子》《学记》《论语》《大学》……手捧古籍，凝神静气，自己的思想、言行、价值观在被微言大义潜移默化地影响着，读这些经典使我学会做人、学会感恩、自立自强、美好和谐，还有很多很多。"学高为师、身正为范"这些传统的优秀品质也会随着我的"言传身教"使学生受到熏陶。或许有些经典不是教育教学的专著，但是其中的哲理却使我看问题更深刻，使我在教学中常常灵光突现。读经典使我的内心更加强大，更加自信，能把握住每一次教育时机，享受到师生教学相长带来的快乐。

读书就像是一场静悄悄的革命，改变的不仅是我的底气，更有灵气和大气，以及由内而外自然焕发出的蓬勃朝气。与书为友，一路走来，伴随着我的是职业幸福的花开一路。携一缕书香，共一份月光，心手相挽，走在路上。相信岁月的琴弦，在有书香相伴的每个季节，每个日子，都会有美好的弹唱，有永远写不尽的精彩。

我与书，生命中最美的遇见

黑龙江省哈尔滨市阿城区龙涤小学　姜淼

和很多老师一样，我也是一个"书虫"。在我小时候，在那个物质资源极其匮乏，精神财富也并不丰厚的 20 世纪 80 年代初的一个小山村里，书是极为少见的。课本是最主要的获取知识的来源，所以小学时的语文课本，几乎很多都能背下来。除了课本之外，记忆中看的第一本书是早已经记不清名字的小人书，记忆中的第一本小说，还是三四年级时从家里不大的书架上翻到的一本前不见封皮，后面也少了很多页码的抗战题材的小说。但它缺失的内容却一点儿也没有挡住我阅读的渴望和兴趣，让我爱不释手地读了一遍又一遍。

随着家里生活条件的好转，家中的书渐渐多了起来，同学、邻居小伙伴间书籍的相互传阅，让我的阅读兴趣越来越浓，也让我在多年后明白了袁枚在《黄生借书说》里的那句"书非借不能读也"。各种各样的书籍为我打开了一扇门，让我看到了一个更加广阔的世界。

在那个"少年不识愁滋味，为赋新词强说愁"的少年时代，古典文学开始走进了我的世界，虽然不识什么《三字经》《千字文》，但在我初中语文老师课堂上不时地冒出一句诗词中，那一句句唐诗、一阕阕宋词、一首首元曲，或豪放，或婉约，或清新，或抒情，开始让我欲罢不能。李白、陆游、辛弃疾、苏轼、李清照、晏殊、柳永、李煜、马致远，让我的心灵即使穿越千年的历史风尘，仍然受到强烈的震撼。也是在老师的引导下，《红楼梦》成了我百看不厌的一部书，其中的诗词，很多都是久读成诵。至今，我仍然感激我的初中语文老师——赵鸿雁老师，是他丰厚的阅读积淀，唤起了我对文学的热爱，也为我的文学积累打下了坚实的基础。

中师时期是青年时代的开始，也是自己接触世界名著最多、阅读量最大的一段时间。学校图书馆的借书卡，让我欣喜地捧回了一本又一本的书，同时也开始在书店买回一本又一本自己喜欢的书。当时好多书都是在宿舍熄灯后打着手电筒看完的。懈怠时，《周恩来传》《曼哈顿的中国女人》等各种名人传记鼓起我昂扬的斗志；迷茫时，《读者》《青年文摘》《意林》又给我注入生命的活力。

记得当时自己最爱的作家是三毛。初遇三毛，还是初中二年级，缘于家中的哥哥买来的一本《雨季不再来》。现在几乎已经忘记了这个叫陈平的作家，写的一些平平淡淡的生活，是怎样让我痴迷，让我执着地喜欢着这个有着万种风情的女人。静静感受三毛的足迹，体味这样一个年轻、自由的女人的旅途——《梦里花落知多少》《撒哈拉的故事》《万水千山走遍》《送你一匹马》《稻草人手记》《我的宝贝》……我的心追随着她走遍千山万水，快乐着她的快乐，悲伤着她的悲伤，幸福着她的幸福，现在想想，这不正是阅读的无穷魅力吗？

三毛或许是一个多愁善感的女子，但绝不是一个消极对待人生的人。不管生活如何，是艰辛还是快乐，她总不忘向爱她的人诉说——我很好，生活还是快乐的、充实的。这种积极的态度透过文字，深深地影响着我……

中师的三年，最大的梦想，就是像三毛一样流浪，去追求诗意的生活和远方。或者，拥有一家书店，整日徜徉在书的世界里，这些，就是我最大的幸福。

后来，我成为一名乡村教师，读书的种类又增添了教育教学这一类别，教育的期刊、报纸、论著，让我对如何做一名好老师有了更深的理解和感悟。

再后来，我成为了一位母亲，育儿书籍、亲子阅读系列及儿童文学名著系列又走进了我的生活。在亲子阅读中，我也在"喜马拉雅"中，先后录制了《城南旧事》《寻找快乐岛》《中华上下五千年》《中华成语故事》《美文共赏》《孩子们的诗》……这些儿童书籍，让我又一次变成了孩子，学着以孩子的情感去走近孩子，以孩子的视角观察世界、品味生活。

我与书，是一场永恒的约，是一段难解的缘。感谢书籍，为我指点迷津，丰厚了我的底蕴，丰盈了我的人生。

读书滋养生命

黑龙江省哈尔滨市阿城区胜利小学　王文涛

我自懂事起就和书本结缘，除了父母之外，我的亲人们大多数是老师，从小学教师到高中教师，可以称为"教师世家"。时至今日，已走过一万三千多个日日夜夜。在过往的岁月里，到底有多少书与我为伍，似乎自己也不甚明了。

20岁便登上讲台做了教师，现在已经在教师的岗位上辛勤耕耘了整整18个春秋。从教期间，更多的时间都是与可爱的孩子们和小学课本打交道。在闲暇之余读读经典，不说取得了怎样的成绩，但也收获了属于自己的幸福。

幼年时期因家住乡村，读书可能是一种奢望，除了课本外，看到的就是儿童画报、小人书之类的儿童读物，根本看不到所谓的书籍。到了小学高年级，过年到城里的舅舅家串门，让我看到了真正的"书"。在舅舅家的书架上陈列着各色的书籍，琳琅满目，看得我是眼花缭乱。从那时起我便下定决心，一定要把这些书都读个遍。

我接触文学书籍的时间大约也就是在这个时期。我还清晰地记得读的第一本书文学著作是前苏联无产阶级革命作家尼古拉·阿耶克塞耶维奇·奥斯特洛夫斯基的《钢铁是怎样炼成的》。文中的主人公保尔为了革命，一次次地倒下，又一次次地爬起。他是祖国的骄傲，是人民的英雄。其实，在我们的生活中不恰恰就是这个样子吗？只要你意志坚强，勇往直前，再坚固的冰石也是会融化的。保尔给了我很大的启发，让我从那时起便懂得无论做什么事情，只要坚持就一定会到达胜利的彼岸。付出不一定有回报，但不付出一定没有收获。

　　后来，就和高尔基结下了不解之缘，有幸读到了他的三部曲《童年》《在人间》《我的大学》。幼小的阿廖沙曾被树枝抽得失去知觉。两个舅舅也是粗野自私的市侩，整日为争夺家产争吵斗殴。在这样一个弥漫着残暴和仇恨的家庭里，幼小的阿廖沙过早地体会到了人间的痛苦和丑恶。舅舅们为争夺家产而争吵斗殴的情景使小阿廖沙饱受惊吓。这一幕真实地反映了俄国下层人民沉重的生活状况，批判了小市民的自私残暴。然而就是在这样一个可怕的环境里，也有温暖与光明。这就是阿廖沙的外祖母。外祖母慈祥善良，聪明能干，热爱生活，对谁都很忍让，有着圣徒一般的宽大胸怀。她如一盏明灯，照亮了阿廖沙敏感而孤独的心，她对阿廖沙的影响，正像高尔基后来写的那样："在她没有来之前，我仿佛是躲在黑暗中睡觉，但她一出现，就把我叫醒了，把我领到光明的地方，是她那对世界无私的爱丰富了我，使我充满坚强的力量以应付困苦的生活。"外祖母使他在黑暗污浊的环境中仍保持着生活的勇气和信心，并逐渐成长为一个坚强、勇敢、正直和充满爱心的人。

　　再到后来，到城市来读初中，面对升学的压力，慢慢放弃了读文学著作的想法，但心中始终放不下，闲暇时光便偷偷地吮吸着经典带给我的快乐——《呼啸山庄》《平凡的世界》等著作悄悄走进了我的世界。

　　1997 年考入师范学校，没有了后顾之忧，我便开启了自己的文学之旅。读到了列夫·托尔斯泰《战争与和平》，故事以 1812 年俄国法国战争为中心，反映了 1805 年至 1820 年的重大事件，包括奥斯特利茨大战、波罗底诺会战、莫斯科大火、拿破仑溃退等。通过对四大家庭以及安德烈、皮埃尔、娜塔莎在战争与和平环境中的思想和行动的描写，展示了当时俄国社会的风貌。《安娜·卡列尼娜》，贵族妇女安娜追求爱情幸福，却在卡列文的虚伪、渥伦斯基的冷漠和自私面前碰得头破血流，最终落得卧轨自杀、陈尸车站的下场。庄园主列文反对土地私有制，抵制资本主义制度，同情贫苦农民，却又无法摆脱贵族习气而陷入无法解脱的矛盾之中。矛盾的时期、矛盾的制度、矛盾的人物、矛盾的心理，使全书在矛盾的旋涡中颠簸。这部小说是新旧交替时期紧张惶恐的俄国社会的写照。《复活》取材于一个真实事件，主要描写男主人公聂赫留朵夫引诱姑妈家的女仆玛丝洛娃，使她怀孕并被赶出家门。后来，她沦为风尘女子，因被指控谋财害命而受审判。男主人公以陪审员的身份出庭，见到从前被他引诱的女人，深受良心谴责。他为她奔走伸冤，并请求同她结婚，以赎回自己的罪过。上诉失败后，他陪她流放西伯利亚。他的行为感动了她，使她重新爱他。但为了不损害他的名誉和地位，她最终没有和他结婚而是同一个革命者结为伉俪；中国四大名著《西游记》《三国演义》《水浒传》《红楼梦》；老舍的《茶馆》《骆驼祥子》《四世同堂》等文学著作也都成为了我的必读目录。2001 年毕业后就踏上了三尺讲台，成为了一名光荣的人民教师。初登讲台的我既感到欣喜，同时也带给了我相当大的压力，我害怕辜负了家长的信任，更敬畏那一双双求知若渴的眼睛。所以，只有不断地学习，不断地努力，不断地超越自我，才能对得起"教师"这个神圣的名称，我下定决心做一名优秀的老师。

我毅然决然放弃了我的文学爱好，开始了我的教师生涯。不再去追寻文学的脚步，而是探索教育的真谛。苏联教育家苏霍姆林斯基为我指明了方向。他的著作《给教师的建议》，在我的教育初期给了我太多的启示，让我受益颇丰！这本书里面，谈了关于教育方方面面的问题，有很多闪光的东西，当然不是金子，虽然存在国家、社会、民情、地域等种种因素的差异，但书中许多宝贵的经验仍然能够为我们所借鉴。看这样的书，令人感悟到很多东西，作为一名刚刚参加教育工作的年轻教师，我读这本书的时候，被深深地触动了。"世界上没有好的教育方法，只有适合的教育方式"，什么才是真正有效的教学方法呢？我个人认为，除了苏霍姆林斯基所说的"倾注自己的智慧、自己活的思想的教学方法之外"，还应该有一个基本准则，那就是能最大限度地发展学生能力、挖掘学生潜力，这样的方法才应该是我们追求的目标，追求的终点。

当代教育改革家——魏书生老师的《班主任工作漫谈》使我这个新手对班主任工作有了一些了解，可以说是受益匪浅。魏书生是在实实在在地育人。他"尊人者，人尊之""能受委屈的人才是强者""坚持道德长跑——写日记""每天点燃一盏思想的明灯"……的内容强烈地震撼了我。教书先育人，育人先做人，他的教改，他的思想，他的班级管理，他的一切，都是真真切切地从学生怎样做人开始的。教会了学生怎样做人，筑好了思想教育这一"地下工程"，知识之树也就根深叶茂、硕果累累了，也就水到渠成了。

近两年读了常生龙老师的《读书是教师最好的修行》一书，有些话虽然不是第一次读到，但仍旧有很多共鸣。正如本书里所说的，阅读是"一天也不断流的潺潺小溪，它充实着思想的江河"。看完本书后，更是同样的感受。古人云：书中自有颜如玉，书中自有黄金屋。读书的过程，实际上是在两个方向不断探索的过程。一个方向是向内，不断探索自己的内心，尝试正确地认识自己。另一个方向是向外，不断探索与自己生活、工作相关的领域，建构起自己对世界的认识。教师的专业发展离不开大量的阅读。其实，阅读应该像吃饭穿衣一样，成为我们生活的方式。读沈丽新老师的《让学生看见你的爱》一书，从中深深感受到沈老师充满"爱心"的教育教学理念，更让我懂得爱学生应从"尊重"学生开始，要学会"忽略"，要有边界意识。

读书是快乐的，有书读是幸福的，让我们在阅读中开启教育的新篇章，感知生活的美好吧。

我的阅读史

黑龙江省哈尔滨市阿城区实验小学　陈静

最近，我有幸成为阿城区新教育修能读书会的成员，今天作为会员的我提笔写下自己的阅读史，还是略感汗颜。我想能堪称为阅读史的，总要有些许阅读方面的成就，这是我个人的理解。而我的浅薄阅读历史实在不堪回首，既没有量的积累，又缺乏质的提升。所以总是在阅读别人的历史中唏嘘慨叹自己读之甚少，且多是休闲性阅读和任务性阅读，这中间虽然也掺杂着专业书籍的阅读，但因为个人的懒惰，理解的浅显，仅仅是凭感觉在读，绝对没有深度解读，也不晓得深度解读要读到什么程度。

为了给自己一点信心，也这样默默说：只要起步，就不会晚。于是，翻卷曾经的记忆，谛听真实的声音，写下来，面对自己，这是一个起点。

我应该是少数在农村长大的 80 后女教师，不曾上过幼儿园，还算聪明的我在村小教师妈妈的鼓励下，五周岁便上了学前班，而木质黑板上的"一、二、三、上下、人口手"便是我刚入学前残存的唯一勉强可以称为阅读的记忆。

1990 年上小学，简陋的教室里有二十几个孩子，破旧的桌子，铁皮门，教室中间用黄土搭的炉子。那时候的书包很轻，是那种红军书包，里面只有一本语文和算术书。老师留的作业也少，我们的课余生活是捡松树塔，拔豆楂，捡土豆，捡黄豆。没什么书，也没时间读。当时的所谓阅读，就是上课的课本吧。

在我现在小学教育生活的过程中，我曾多次努力回忆小学阶段的我都读过什么书，但几乎是空白一片，唯有课本吧！现在想想，我是错过了最佳的阅读时间，遗憾之至。

1996 年，我上了初中，读了很多神话故事、寓言故事。《天龙八部》的播放，我和很多同龄人一样迷恋上了武侠剧，金庸先生占据了我初二几乎所有的空暇。高尔基的《童年》《在人间》《我的大学》，也都略读一二，但是随着我决定报考幼儿师范学校，阅读也开始停滞，每天学习唱歌、跳舞、弹琴，为考幼儿师范而忙碌地准备着。

1999 年，进了哈尔滨市幼儿师范学校，放松下来，时间多起来。依然是混过了很多美好的日子。读了大量的《读者文摘》，那时候找机会进学校图书室帮忙，可以借阅一年的合订本，孜孜不倦地读了有三四年的内容。有了图书馆，可以按时去读书，但是也没把读书当成主要事项，除了完成学业，可以利用业余时间了解一些世界名著。

由于幼儿师范学校的专业课与阅读有点远，所以我的阅读认知都很粗浅。当时印象最深的是《平凡的世界》，这源于每天晚上的阅读时间，班级同学轮流读《平凡的世界》，这本书对我来说很有意义，很喜欢路遥对于这部小说的出发点"平凡"二字，在路遥的世界中出现的都是平凡的人物，就是在这些平凡的人物里，他描写着人性中的善与美，丑与恶。在他的世界里，人最大的优点就是认识到自己是平凡的。让我在还懵懂天真的年龄时内心得到洗礼。课余还借阅了《老人与海》《钢铁是怎样炼成的》等书，依然属于感性的阅读，读着的时候很感动，似乎仅止于此。当然我也没有逃脱琼瑶的诱惑，一度沉迷于她的小说不能自拔。琼瑶小说以其煽情的笔法、浪漫的爱情、曲折的故事、起伏的情节、诗意的语言，不知赚取了我多少多愁善感的眼泪。虽然明知其中的爱情有点不近人间烟火，但还是心为之念、意为之牵——读琼瑶小说、看琼瑶影视剧成了我最痴迷的事情，几乎读完了能借到的所有琼瑶的书。

2003年，我参加工作后，一度想全力以赴搞好教育教学，但在课堂教学中总有力不从心的时刻，由于自己头脑灵活，课上的应变能力一度得到同事与领导的高度认可，但自己课后总会感到失落，于是开始借阅教育名家典籍阅读。先后读了叶圣陶先生的《叶圣陶语文教育论集》，王崧舟老师的《诗意语文——王崧舟语文教育七讲》，这类的教育著作，开阔了我的人文视野，让我拥有了一定的教育理论修养，它就像一道闪电，劈开了我僵直困顿的教师生涯，照亮了我专业成长的前行之旅，点燃了寻找职业幸福感的心灵火炬，同时也激起了我对读书的热望。其间，学校组织阅读《窗边的小豆豆》《第56号教室的奇迹》，我又对班主任工作的奇妙产生了浓浓的兴趣，于是自己研读苏霍姆林斯基，记忆最深的是苏霍姆林斯基曾在他《给教师的建议》中疾呼："读书，读书，再读书——教师的教育素养取决于此。要把读书当作第一精神需要，当作饥饿者的食物。要有读书的兴趣，要喜欢博览群书，要能在书本面前静坐下来，深入地思考。"一个只教眼前书而不广泛阅读的教师是不可思议的。勤奋读书学习是教师专业成长的必由之路，一个热爱读书的人必然会涵养出一种超越常人的独特的文化气质和儒雅风度。

这次我真正相信了自己，一定要读书，而且要坚持不懈地读下去。

2013年，我转入实验小学，对阅读的渴望越来越强烈，却因孩子尚小，学生年级低，工作忙等多重原因，多次搁浅。

好在语文教师和班主任的角色让我和学生有共同学习的机会，在给学生荐读的过程中，我也读了巴金的《家》《春》《秋》，茅盾的《子夜》，《基督山伯爵》《茶花女》《约翰·克利斯朵夫》《大卫·科波菲尔》《傲慢与偏见》《巴黎圣母院》《战争与和平》《安娜·卡列尼娜》《复活》《忏悔录》《悲惨世界》《红楼梦》《增广贤文》《论语》《诗经》《大学·中庸》《刘墉作品集》《曹文轩作品集》《沈石溪作品集》……

《简·爱》对我的影响很大，至今作为床头书，时常翻阅。简·爱的独立与自尊已经作为一种女性的做人标杆，陪伴着我成长。

而在陪伴儿子成长的过程中，我也和他共同阅读了《安徒生童话》《格林童话》，还反复听了《凯叔讲故事》，和儿子一起背诵《三字经》《论语》。这也是对自己童年未读过儿童读物的一种弥补吧。

这期间对专业书籍阅读仍未停止。阅读了《小学语文教学》《小学语文教师》等杂志。

2018年，学校读书会带领全体班主任阅读了魏书生老师的《班主任工作漫谈》一书。我也自主阅读了窦桂梅老师的《我的教育视界》《窦桂梅与主题教学》，还有李迪的《做一个灵魂有香气的女教师》，其中窦老师的书对我影响深远，激励我为自己喜爱的语文教学倾注全部的热情！而2019年幸得舒春艳老师的《燕语芳菲》一书，更让我体会到身边榜样的力量，激励我阅读中积累，实践中反思，做个有心人。

在平时的家庭生活与自我调控过程中，我也会读一些心理方面的书籍，先后阅读了武志红老师的《拥有一个你说了算的人生》《身体知道答案》《为何爱会伤人》等。

时光变换，花开花落，我都用文字细心编排。有人说："读万卷书，行万里路。"是啊，心中没有万卷书，走遍天下也枉然。我们常说：生活是一团麻！但我们完全可以把它婉约成一首诗，但前提是必须有大量的阅读做积淀。

阅读能培养一个人的良好习惯，一个有着良好阅读习惯的人，能享受不一样的快乐。无论生活多么糟糕，只要有一个阳光的午后，一本书，一杯茶，就足以让你感受人生的惬意。阅读是世界上最美好的姿势，不管是有风，有雨，或是有阳光，只要有一本书，日子就恰恰好。

每当看到孩子们静静阅读，用心摘抄时，我心里总洋溢着一种幸福，一种满足，一种期盼，希望他们快乐读，用心记，趁年华正好，心静如水，用自己的积淀来铺就未来的幸福之路，让心灵之花，伴着墨香，悄悄绽放，我心足矣！

个人阅读史

黑龙江省哈尔滨市阿城区建设小学　刘珊珊

我是一位 85 后小学教师，85 后的阅读史，有我们这一代的时代缩影。现在，我来谈谈自己的阅读史。

（一）小学阶段

小学时，关于阅读的记忆是模糊的。记得和邻居家的哥哥玩时，看到他们在读连环画。是关于地道战的，具体的书名，已经不记得了。依稀记得，好几个伙伴，围在一起看连环画。被里面的故事所吸引，为中国人民、战士的英勇而喝彩。然后就是《聪明的一休》，喜欢那个聪明、可爱、智慧、惩恶扬善的"一休哥"。甚至现在都会在网上搜索那个动画片再看几遍。

回忆小学阶段，因为在农村的缘故，不记得自己的语文老师给我们推荐了什么书籍。只是记得有一次在三四年级的时候，学校举行了一次

"售书会",爷爷偷偷给了我十元钱,我买了一套书,结果回来被母亲埋怨了好久。书名已经记不清了,就记得里面有首小诗叫《妈妈的爱》,里面有这样一段我至今还记得:一次下雨,妈妈来接我,她将伞使劲地往我这边打,她已经淋透了,而我却安然无恙,妈妈的爱是雨中的一把伞。从那以后,只要写关于母爱的作文我都会用上这句话。小学快毕业的时候,我拥有了《四大名著》,我特别喜欢《红楼梦》,为贾府的富有而羡慕,为大观园的宏大而惊叹,为林黛玉的美丽和才气而折服,也为她的早逝而伤心。那时,还不懂贾宝玉和林妹妹之间的爱情。

在阅读《红楼梦》时,还发生了一个小插曲。因为妈妈经商的缘由,我在妈妈的店中看的这本书,正巧,那天好几位消防员来妈妈的店里买商品,见我小小年纪,就开始看《红楼梦》,着实好好地夸奖了我一番。"这孩子,真了不得,这么小的年纪,就开始看《红楼梦》了!"不是原话,可就是这意思了。这小小的鼓励,给了我巨大的信心,让我从此爱上了阅读。

(二)初中阶段

初中我在阿城区龙涤中学念书,语文老师兼任班主任,是位刚踏出大学校门的青年,他很注重我们的课外阅读,教室里办起了"图书角",还让我们自己自愿捐书。那时的自己,是小气的,自己手头的几本好书,舍不得捐。于是,要求妈妈给我买几本,记忆中,是《呼啸山庄》等几本书,怕捐到班级,书就拿不回来了,就如饥似渴地阅读起来。

初二,受邻居家姐姐的影响,我也开始读起了琼瑶等一些有名、无名作家的言情小说来了,往往被里面帅气的男主角所吸引,被精彩的故事情节所吸引。怕妈妈反对我读这些书,都是偷偷地读,往往一夜就把它看完了,然后快速地还给邻居。现在想来,自己都扑哧笑出了声,这种"偷书"的经历，还真是回味无穷啊！

初三，在舅舅的家中，我看到了几本发黄的书——《杨家将》《隋唐演义》《倚天屠龙记》《射雕英雄传》，于是，自然地走进了书的世界，畅游在古代的世界里，不能自拔。可能，缘于初中阅读的书籍的关系吧，现在我特别喜欢读古代历史和一些武侠小说。

（三）高中阶段

高中我在外地就读，班级中的能人比比皆是，其中，也包括我的同桌。她特别擅长讲故事，娓娓道来，让我忍不住也想读读她讲给我听的书，她给我讲的第一个故事，就是《飘》。在她的描述中，我特爱那位冒险家——瑞特。爱他的勇敢，佩服他能在非常恶劣的环境中，去累积财富。爱他的执着，一旦喜欢上斯嘉丽，就不顾一切地去爱、追求她。哪怕那时的她不爱他，心中有另外的爱人……

从此，我阅读外国名著的道路一发不可收，《飘》为我打开了世界文学名著的大门，特别感谢我的同桌，是她引领我走进这个多姿多彩的知识海洋。由此，《巴黎圣母院》《红与黑》《漂亮朋友》《嘉莉妹妹》《简·爱》《茶花女》《静静的顿河》《双城记》《美国悲剧》《苔丝》《钢铁是怎样炼成的》《少年维特的烦恼》等名著相伴我高中三年。

记得那时也特别喜欢看《零下一度》《三重门》《十七岁不哭》《三毛精品》《平凡的世界》《家》《春》《秋》等优秀的文学作品。认识了那个叛逆而有才华的韩寒。从《十七岁不哭》这本书里，我知道了这个年龄，本该就有考试的困扰，要学会去战胜，熟悉了"争争就能赢，试试就能行"的励志名言，这句话，现在还深深地影响着我，每当我面对各种比赛想退缩时，都会以这句话鼓励自己。

还一度喜欢郭敬明，他的《幻城》我总是在下了晚自习，回到寝室，在被窝里打开手电偷偷地读，每每读完都是大汗淋漓，经常是夜不能寐想着小说里的情节，还读了他的《悲伤逆流成河》，真的太压抑了，一度感觉自己都要抑郁了。

高中三年还喜欢阅读《读者》杂志。那清新的封面，那优美的文字，那深刻的哲理，陪伴我走过了有苦有乐的三年。记得，那时还喜欢读《小小说》，还订阅过其他的一些杂志，一时想不起名字了，可能还压在床下的某个角落里，舍不得丢弃。

（四）大学阶段

大学的日子，是相对悠闲的日子。那时，还不知道校门外的现实社会是多么的残酷，只是单纯地生活在自己的世界里，自己的生活自己做主。学校的图书馆很大，记得自己流连在那个充满书香的世界里，常常独自静静地阅读。回忆自己的阅读史时，我的脑海中出现了我找书的画面，是那么的美好，那时，读书的范围很广。

可能那时看的书太杂了，竟然没有印象特别深刻的。记得的有《廊桥遗梦》，那段简单而又复杂的爱情，《太阳王——汉武帝》，这本书由一位日本人所著，那时，有个疑问，为什么中国的皇帝由外国人所写啊？通过这本书，一位栩栩如生的帝王向我走来。对汉武帝的事迹，我也非常有兴趣。只要有机会就收集起来，自己阅读。我也很喜欢名人传记，只要是我感兴趣的人我都看，《乔丹传》《李清照传》等名人传记都阅读，可能是时间过去久了，又没有细读，也有点遗忘了。

（五）工作至今

走上工作岗位后，学校有图书馆，我也经常去借阅，主要还是一些人物传记方面的书籍，如《四大家族秘闻》《冰心散文集》等，这与自己的专业是无多大关联的。

在同事的带领下，开始订阅《小学语文教师》，并认真地阅读、摘记，可能是这本杂志跟自己的专业有点瓜葛吧，看得特别仔细。参加工作的第一年，就去函授本科了。因为我对心理健康教育专业很感兴趣，就报考了这个专业，其间，学习了大量关于心理学的书籍。比如，《教育原理》《普通心理学》《心理学》等，让我学习了诸多的关于学生心理方面的知识，在自己的班主任工作中，还是有用到的。

2014年，因为结婚、生子的缘故，很少看专业方面的书籍了，只是看看育儿方面的书籍。

后来走进网络的"大学堂"，比许多同行慢了好多年，感到非常惋惜，为什么早些年自己没有走进这个浩瀚的世界呢，痛定思痛，这是无法改变的现实了，只有把握住现在。这一年，建立起了自己的个人博客，记录自己生活、教育的点滴，做得不好，但很用心地去写，去发表，认识了大量活跃在教育一线的网友。在网友的推荐下，开始订阅《中国教师报》，也开始阅读《过一种幸福完整的教育生活》《王崧舟教学思想与经典课堂》《王崧舟讲语文》《盛新凤讲语文》《做一个幸福的教师》《父母改变孩子改变》《好课是怎样炼成的（语文卷）》《用生命润泽生命》《追寻理想的教育》等书籍。其中，读完朱永新老师的《过一种幸福完整的教育生活》，让我更加坚定地要过这种幸福完整的教育生活，目标树立起来了，行动也就开始了，有行动，才会有收获。

还看了一些儿童类的书籍《大林和小林》《汤姆叔叔的小屋》《童年的云彩》《蓝星传奇》《夏洛的网》《乌丢丢的奇遇记》等作品。

近期通过当当网，买了30来本书。比如《假如给我三天光明》《名师备课经验（语文卷）》《不做教书匠》《中国最佳教育随笔（第一、二集）》《卡尔维特家训全书》《名师教学机智例谈（语文卷）》等。儿童类作品《爱的教育》《秘密花园》《水孩子》《绿野仙踪》《爱丽丝漫游记》等作品。还没有看完，准备慢慢地阅读。

书香伴我成长

黑龙江省哈尔滨市阿城区亚沟中心小学　敖丹

我是一名普通的小学老师，踏上三尺讲台，这一站，将近 20 个年头了，岁月弹指一挥间，从用热情管理班级到现在的稳步慢进，我觉得我也是从不断的反思中一次次寻找适合自己的教学方向。这期间，书起了一个很大的作用，它就像我黑暗中的灯塔，在我迷茫时不由自主地寻找它；它就像一位老朋友，随时随地地滋润我的心田，无论是我喜欢的小说、散文等文学作品，还是教学的专业书，都伴随我不断成长、成熟。

一、读书可以随心所欲地看

我是一个喜欢看书的人，尤其爱看小说、散文等。《青年文摘》《双城记》《巴黎圣母院》《饮食的禁忌》《健康是吃出来的》《简·爱》……无论是杂志还是小说，我都看。读书是一种享受，是一种乐趣，是一种与书中人物心灵的交流，读书既能开阔视野、增长学识，又能美化生活，享受快乐、一举两得，何乐而不为呢？

二、专业书籍指导班级管理

教师这一职业是一种特殊的职业，是一种用心灵浇灌心灵的职业，教师工作的这一特殊性决定了教师要具有良好的心理素质。通过学习《积极心理学与教师心理学调适》使我认识到，一个教师的心理是否健康直接关系到学生的心理健康和人格发展，作为一名教师，要从内心深处把自己的职业当作快乐的事业去经营，要用积极的心态去看待孩子，去从事工作。我发现我的情绪变小了，我的期待放低了；我能允许孩子成为他自己了，不再以自己的标准要求对方了；知道沟通也需要技巧了……一切都在悄悄地变化着，朝着我想要的方向前进了。比如：我们班级里有一名姓吴的男孩子，单亲、淘气、爱动手打同学、自理能力比较差，这个孩子的书本、铅笔、橡皮、衣服经常撒落一地。起初，我看到他不擅于整理物品时经常批评他，让他自己捡起来，请同学帮忙，甚至有时不让他自己拿东西。后来读了这本书，我对自己进行了调整，对待他不能着急是我首先想到的。首先应该发现他身上的优点，然后再改他的不足，他经常动手打同学，我进行谈话后知道他的奶奶和爷爷就经常动手打他，想来这是受到家庭的影响，于是我用语言和班级的和谐环境来影响他，用"表扬信"的方式来奖励他这周没有打同学；以整理书桌、衣物为条件同意他参加学校举行的跳绳比赛。经过耐心的教育，他在各方面都有了进步。

一本好书会给人耳目一新的感觉；一本好书会让人掩卷长思有所得；一本好书会给予你一把钥匙。所以，终身学习机制和良好的读书习惯才是教育者应该有的生活方式。因为，我们不单单是对学生负责，是对教学负责，是对社会负责，同时我们也需要对自己的良心负责。常生龙老师的《给教师的5把钥匙》一书，深入浅出地讲述了自己教育生涯所获得的人生经验和感悟，通过不同的五把钥匙，可以让一个新兵老师成为一名合格的教育者，或许进一步的理论学习和实践努力之后可以成长为一名教育界的专家。"未来可期"，这是常生龙老师的第5把钥匙，指出我们要有一个积极良好的心态，而这也是美好生活和工作所需要的。每个教师的工作环境和面对的学生都是不同的，因此如何去有效地进行教学，提升教学质量也是不同的。如何更深层次地认识教育、如何更有效地去理解学生、如何更好地掌握好学习的规律等，这是我的疑问，也是需要进一步解决并期望落实的问题，这才会让自身进步，同时有效地提升教学质量，让学生受益。

最近刚读完一本书——《做一个大写的教师》，这本书是由中学高级教师、语文特级教师、江苏省苏州市盛泽实验小学校长薛法根所写的。本书60多篇教育随笔，真实地再现了一位特级教师专业成长的精神之旅。通过阅读，我感觉自己似乎更加懂得了教育真谛，同时也更感到自己身上担子的分量。《做一个大写的教师》这本书，让我知道如何更好地面对问题，那就是多问几个为什么。遇到问题，必须要保持平和的心态，选择适当的时机，用普遍联系的观点探究现象背后的原因。虽然我不能说自己在这方面表现很出色，但起码我也在不断地努力，因为我明白善于思考的教师是特别受学生欢迎的。在我看来，如今的孩子爱他们的人很多，理解他们的人很少。其实，他们对爱的感知最敏锐，一个眼神、一个手势、一个暗示他们都心神俱会。只要你对教师这一职业拥有热爱，努力付出，喜欢跟孩子们在一起心不设防的那份单纯与率真，孩子便会成为你的天堂，你自己在教书育人的道路上也会很快乐。作为一名合格的教师，在全面实施素质教育的今天，一定要与时俱进，通过不断的思考和学习，端正教育思想，转变教育观念，以学生为中心，以学生为本，从实际出发，因材施教。只有这样，才能跟上时代的步伐，才能做一个教育现代化环境下的老师，对于我这个年轻教师，要学习的还很多，要把握好素质教育的实质，着眼于人的培养，不断探索，不断完善，形成自己的教育风格，努力用充满爱的教育去教育我的学生们。

许多人都喜欢读书，我也一样喜欢读书，书带给了我们许多乐趣，也让我们懂得了许多道理，更帮助我走好教育人生路。高尔基说过："书籍是人类进步的阶梯。"书也是我勇气的源泉。每天抽出一点时间，读一本心仪的书，展开与智者的对话，既能清心养性，又能享受到阅读的快乐，这是多好的选择。

一路成长　一路书香

黑龙江省哈尔滨市阿城区金河小学校　宋丽深

时光荏苒，岁月流转。转眼间，我已由曾经的懵懂孩童走到而立之年。伏案梳理自己近四十年的人生经历，那些与书相伴的日子着实最让人留恋，也最有意义。

昨晚，给女儿买的丁立梅的书邮到，打开邮包，那久违的书香扑面而来，女儿雀跃着拿起装帧精美的书，有滋有味地读着封面上的文字："感谢生命中那些相遇，在我人生的底色上，抹上一朵粉红，于向晚的风里，微微生香。"读完又啧啧赞着："看看人家的文笔，多美，多富有诗意！"说完，便迫不及待地坐在桌旁看了起来。女儿痴迷专注的模样，在台灯光影的映衬下，成为一幅静美无华的剪影。倚门而立的我，静静地望着难得安静的女儿，思绪却早已穿过三十多年的岁月，飘进姥姥家那宽大的东厢房。地上，表哥表姐在追逐打闹，争吵声不绝于耳。炕上，一个六七岁的小女孩儿，趴在炕上，专注地盯着炕边墙上贴的幼儿画报。那就是我，一个当时刚上一年级，还不认识多少字，只能通过画面和少得可怜的识字量来猜画报内容的小女孩儿。在那个僻远的山乡，大表姐给女儿买的幼儿画报的作用就是糊墙，然而，于我而言，那些幼儿画报就是我的启蒙读物，是它在我心中播下了爱书的种子，引领我走进了书的殿堂。

随着识字量的增多，幼儿画报满足不了我了，我开始四处找书读，旧报纸、旧杂志、旧课本，只要是有字的书，我都读，甚至《圣经》我都通读过。我如饥似渴地从杂书中汲取营养，把别人玩的时间都用在了读书上。有一个阶段，我迷上了武侠小说，天天往吴爷爷家跑。因为他家有很多武侠小说。这个在别人眼中的怪癖老头，被我爱书的痴迷感动，把他珍藏的武侠小说都借给我看。破旧的土炕，小小的蜡烛，泛黄的书页，痴迷的小女孩。这是小学阶段，我家常有的一幅画面。村里人都知道我爱看书，大家就都帮我找书看。我的脑中一时间便成了大杂烩。也正是这大杂烩式的读书方式，让我涉猎了很多的知识，语文成绩在班级里逐渐崭露头角。随之而来的，我的记忆力、语言表达能力和思维能力都有了很大提高。在同学眼里，我就是一个什么都知道的人。给大家讲故事，就成了我经常做的事。那时的我，觉得读书真好的感觉，就是来自同学的羡慕和赞美。因为我的虚荣心得到了很大的满足。

其实，爱读书的习惯对我的影响何止这一点，小学四年级，我就开始写日记了，后来怕别人看到又偷偷烧掉了日记本。我人生中的第一轮创作手稿，就这样被我葬送掉了。现在想来，颇为遗憾。不过好在后来我写的日记一直留存到现在。回头想想，当你读书多了的时候，自然而然就想写点什么，或倾诉自己的心声，或期待别人的共鸣。所以，读书最大的好处就是促进写作能力的提高。这也是读书带给我的最大的甜头。

中学三年，我接触的人越来越多，读书的途径也越来越多。我保持着清醒的头脑，边认真学习，边有选择地读喜欢的书。我的语文成绩始终在同年组中名列前茅，作文也多次当作范文在班里传看。我疯狂迷恋汪国真的诗，抄、记、背，在校园里带起了一阵风，并偷偷地开始自己写诗，放进摘抄本，被同学传抄后流向外班。我的写作水平也在看书、写日记、写诗、写信的试炼中日益成熟。

在一个夏日的午后，我整理旧物时，找到了装日记的小箱子。里面的十几本日记早在结婚后就被我束之高阁，如今翻看，便停不下来了。整整一个下午，我都沉浸在日记中，被淡淡的伤感包围着，和日记中那个敏感、自卑、自尊、自傲的女孩同悲同喜，同哭同笑。重温过往的岁月，父亲去世时的痛苦无奈，独自挑起家庭重担的艰难挣扎，依然清晰如昨。而朋友们的关心爱护，闺密们的热情相助，为我曾经苦难的日子添上了一抹温暖的色彩。他们和日记一样，是我今生宝贵的财富。而这一切何尝不是书的赐予？

我阅读的黄金期是在师范学校读书的时候。每周三、五学校阅览室开放，我家都不回，就泡在阅览室里，直到工作人员下班。《读者》《青年文摘》《教师博览》《十月》等，我透过这些杂志了解更多的知识，开阔自己阅读的视野。开学第一次写作课，我就以《通知书，你终于来了》赢得了老师的称赞。老师问我是如何把等待的煎熬写得如此真实的？我不语。心里却说："老师，那个苦苦煎熬的人分明就是我啊！一个穷乡僻壤里的女孩，心怀梦想，走出大山的唯一途径就是学习啊！那一纸通知书就是她走出山乡的通行证，她怎能不天天盼望、夜夜煎熬？我把这一切诉诸笔端，又怎能不真实感人呢？"

此后，大家便认识了其貌不扬的我。如果在教室里找不到我，我一定在寝室看书；如果寝室里没有我，我一定在阅览室里。当阅览室的杂志满足不了我时，我开始想办法频繁地去学校图书馆借书。从古典名著到外国文学，从小说到戏剧，我无不涉猎。在我的带动下，朋友们也开始看书。原来寝室里的卧谈会是八卦会，而我把它变成了故事会，我给她们讲《荆棘鸟》，讲《红楼梦》，讲《穆斯林的葬礼》。我讲得津津有味，她们听得兴致盎然。每次讲完，我都有新的领悟，我就把感悟写进日记里。于我而言，这何尝不是另一种收获呢？

后来，我不满足于写日记，讲故事，开始写信与远在千里之外的笔友交流。我们交流书中的情节，评论书中的人物，揣摩作者的意图，探寻人生的哲思。随着交流的深入，我们的感情越来越深厚，我的写作水平也越来越高。在同学的介绍下，我的文章被登在《阿城报》上，看着自己的文章变成铅字，我激动的心情无以言表。我又一次感叹读书带给我的快乐。

19岁那年，是我人生中最黑暗的日子。父亲因肝癌突然离世，家庭大厦突然坍塌。母亲体弱多病，妹妹年纪还小，而我师范还没有毕业。以后的路该怎样走？家庭重担该怎样挑？迷茫的我，一度消沉。幸好，有书为伴，才略解我的深愁。《平凡的世界》就在这时走进了我的视野，引领我走出情绪的低谷，勇敢地面对生活，承担起属于我的责任。孙少平是我心中不凡的人，他给了我抗争命运的勇气和方向，也让弱小的我浑身充满了力量。我挑起了生活的重担，让母亲颐养天年，让妹妹健康长大，也让自己在书香的浸润下，不断成长。

工作之后，我依然热衷读书，但看得更多的是专业类书籍，自修汉语言文学本科学历，让我的专业素养不断提升。也让我没有更多的时间读闲书，我唯一没有丢掉的杂志是《读者》。后来，生活的压力，工作的繁忙，家庭的琐事，常常让我心力交瘁，看书的时间和精力明显大不如前。但好在职业性质决定了我离书很近很近。在中学任教的八年里，我精心研究古诗词，积累现代美文佳句，研读《语文教学与研究》，摸索语文教学方法，成为区级语文骨干教师。后来，初为人母的我回小学任教，2011年，我迎来了自己事业的高潮期。我带领的班主任团队获得班主任技能大赛特等奖，我带领的语文团队获得首届语文素养大赛特等奖。此后，我的文章在《语文研究与教学》上发表。我饱尝着读书带给我的甘甜，却也忐忑无比。因为琐碎的生活渐渐磨没了我的激情，日记和书信离我越来越远；病弱的身体常常让我力不从心，读书的时间越来越少。我开始走入人生的平台期。即便如此，长期的文化滋养，仍然让我在三届教师业务考试中，均高居第二名。我知道，有些深入骨髓的文化积淀和影响是不会变的。我庆幸我曾是个爱书人。

30余年，恍然而过，如今女儿也已14岁。在我的熏陶下，女儿也成了一个爱书人。看着她卧室内的书架满满，我阳台上的书架满满，心中亦是满满的。多么幸福啊！想读什么书，就买什么书，女儿的脸上洋溢着淡淡的笑意，那份愉悦与满足直达我的心底。我还有什么不满足的呢？曾经趴在土炕上反复看画报的山乡女孩，心中最大的愿望就是有看不完的书，现在愿望实现了，又怎能不看呢？于是，我给自己一个重温旧梦的机会，也给自己一股继续前进的动力，加入读书会，与更多的书友一起，摈除俗世喧嚣，共营精神家园，炼己修能，做最好的自己，为新教育的发展不懈努力，为营造书香社会贡献自己的力量！愿一路书香，一生成长！

我的读书史

黑龙江省哈尔滨市阿城区金京小学　李云艳

对于抓住 70 后尾巴出生的我来说，谈我的读书史真的是不知从何说起。但我真是喜欢读书的，"书籍是人类进步的阶梯"这句话是高尔基先生说的，也是我最喜欢的格言，因为自从我识字开始就喜欢读书。在我看来，书是我的精神食粮，是不可缺乏的。

童年时的小人书伴我度过了美好的时光，也帮我开启了阅读的大门。这些有着历史故事的小人书，每当拿起总是爱不释手，虽然开始的时候根本不认字，看图也只能是"看个热闹"而不知其所云也，但是每当父母闲下来的时候，总是缠着他们给自己讲那小人书里的故事。几本破旧的小人书开启了我的读书之旅，书里的主人公和发生在他们身上的事，让我懵懵懂懂地学会了一点待人接物的方法和道理，小小的小人书丰富了我的童年生活。

后来我长大一些了，爸爸便在单位给我和哥哥订了《儿童画报》。那是我童年时代收到的最好的一份礼物。每当我收到爸爸为我订的《儿童画报》时，总是高兴得又蹦又跳。爸爸看着我的样子，总是笑着说："真是个傻丫头！"可是，在我的童年时代能够拥有那样一本带彩色图案的儿童书，那是一件多么令人感到骄傲的事呀！我总是很小心地保护着我的书，每次看时总是轻轻地翻动书页，可怕把书弄破了。书里的小故事也深深地吸引了我，每次看起书来总是忘了时间。每到吃饭的时候，妈妈总是抱怨："这个痴丫头，吃书就好了，不用吃饭了！"现在想想，是呀，我是"吃书"长大的呢！这小小的《儿童画报》成了我童年阶段唯一的课外读物，它伴着我一天天长大，营养着我的精神生活，那是荒凉岁月里一盏耀眼的明灯，曾经照亮了我们荒芜蒙昧的童年世界。同时，我还要感谢爸爸，在那个物质那样缺乏的年代，一家人吃饭尚且是个问题，爸爸却从微薄的工资中拿出钱来，给我和哥哥买书。是爸爸给了我们成长机会，他为我后来读书奠定了基础。

　　到初中后，我曾一度沉迷于台湾女作家琼瑶的小说不能自拔。琼瑶小说以其煽情的笔法、浪漫的爱情、曲折的故事、起伏的情节、诗意的语言，不知赚取了我多少多愁善感的眼泪。虽然明知其中的爱情有点不近人间烟火，但还是心为之念、意为之牵，那时候读琼瑶小说、看琼瑶影视剧成了我最痴迷的事。

　　曾经也产生疑问，怎么电视剧中的人物活得那样潇洒，每天不用上班，不用赚钱，只顾谈情说爱……后来傻傻地去问妈妈，才明白那只是作家的虚构罢了。除了琼瑶的作品，我也喜欢金庸的武侠小说，因家里有个看大书的哥哥，有着一个侠客梦，所以我也受到熏陶，喜爱上了武侠小说。当时班里有很多同学对金庸的作品都爱不释手。金庸的小说：一是故事好看；二是具有文学价值。前者是一般用来消遣的人认为的，后者是爱好文学的人认为的。而我属于后者，我认为看金庸作品不要只看里面的内容，还应细心地琢磨。武侠小说虽是通俗小说，但金庸作品却在通俗中见不平凡。他的文笔新，介乎于古文与白话文之间，这不但使人容易明了，还可以使读者由此而奠定学习古文的基础。

我对经典文学的热爱启蒙于初中时学过的一节语文课《葫芦僧判断葫芦案》，语文学科范老师对《红楼梦》的深度剖析唤起了我对名著的热情，从此四大经典名著与我结缘。我不仅看书，还看电视剧，书本中的文言让我生畏，而电视剧中的情节，又着实吸引着我。我一边看电视一边读名著，渐渐地我发现书籍的妙处，那是看电视所不能给我的。我透过书中的文字与作者沟通，与主人公交流，我真正走进了书的世界，为林冲担心，为黛玉流泪……每读一本好书，心灵就受到一次震撼，好像一位高人指点了迷津。

到师范学习后，我的阅读到了更为广阔的领地，学校阅览室，校外小书店都成了我经常光顾的地方。但人的精力毕竟是有限的，我仅仅是利用业余时间，将阅读作为享受。几年下来，我偷闲阅读了许多既短小精干、又富有启发性的哲理经典型名著，诸如法国思想家蒙田著的《蒙田随笔》、英国思想家培根著的《培根随笔全集》等经典名著，也读了不少国内当代大家的作品，诸如张爱玲、毕淑敏的经典哲理散文。路遥的《平凡的世界》、贾平凹的《废都》、陈忠实的《白鹿原》、朱自清的《月牙儿》等，阅读的书籍比较杂乱，但从中也吸收了不少的营养，如果说我还知道一些事情的话，大概都是读这些书的功劳。

师范毕业后，我自然而然成为了一名老师，本来可以更好地利用时间多读书，提高自己的业务素质。但是让我汗颜不已的是，我读的最多的只有教材和教参，还有每期必买的杂志《意林》，文学类书籍越读越浅，更多的是看电视，看手机，浏览网页。当时记得于丹老师的讲座深受广大读者的喜爱，我也没能忍住，禁不住诱惑，买了两本于丹老师的书。一本是《论语》，一本是《老子》。这两本书的阅读，让我对中国古代的文化有了更深入的了解，使我对生活和生命过程中的许多事情的处理方式发生了改变，我成了一个"大彻大悟"的人，也因此我收获了许多。无论是工作上的问题，还是家庭生活中的问题，我似乎一下子就找到了方法，我变得更加严于律己，宽以待人，也因此我从书中学到了真正的豁达与宽容，我交到了人生中重要的三位好朋友。书让我的灵魂又上升到了一个新的层次，书让我的人生美满。

2013年是我生命中的又一个分水岭，我由农村小学借调到继电小学工作，全新的教育教学工作，全新的工作环境，让向来倔强不服输的我，又重新拿起了纸质的书籍。虽然有学校工作和家里琐事的牵绊，但我还是坚持在读，数量不多。同时为了给家里的孩子营造良好的读书环境，每天必须给孩子读书，儿童文学类的书籍倒是读了不少，如《男孩故事》《成语故事》《三字经》《弟子规》，还有曹文轩的《山羊不吃天堂草》《青铜葵花》《甜橙树》等。由于家里是个男孩子，比较喜欢探险，我还跟着读了《贝尔格列尔森之荒野求生》系列。这些书让我更懂得了儿童的心理，又重回了童年时代。同时也正是这些书，在我的教育教学工作中给出适当指引，让我在面对小学生的问题时，不再那样捉襟见肘、黔驴技穷，我对自己所从事的新工作也更加充满信心。

今年我又调到了金京小学工作，我面对的是新一年新统编的语文教材。为了能更好地进行教育教学工作，我又读了何捷的《一篇一篇解读统编》和《只想浅浅地教语文》这两本书。随着新教育理念在阿城的推行，我又在学校的倡导下读了朱永新教授的《新教育》一书。读这类的教育著作，开阔了我的人文视野，让我拥有了一定厚度的教育理论修养，它就像一道闪电，劈开了我僵直困顿的教师生涯，照亮了我专业成长的前行之旅，点燃了寻找职业幸福感的心灵火炬，同时也激起了我对读书的热望。

回首我的成长历程，正是因为我读了这许许多多、形式不一、种类繁多的书，才让我有了这样丰厚的今天，也正是因为有了书，我的生活才变得更加充实而又新鲜。我爱读书，这样的一个我又怎么舍得扔下手中的长卷。不仅我要读书，我还要用我自己的实际行动去带动我所教的学生，让他们也爱上读书，缔造我们的书香班级、书香校园。让书籍浸润我们的生命，让书香滋养我们的灵魂。

做一朵凡花　优雅独芳华

黑龙江省哈尔滨市阿城金源小学　李代英

第一学历中专，信息技术专业，2000 年参加工作后，继续学习，于 2003 年取得了东北师范大学本科毕业证书。曾担任三年计算机教师，2004 年担任班主任工作。

初参加工作，别人问及我的毕业学校、专业及学历的时候，我都避而不答，觉得和师范院校毕业的老师来比，自己逊色太多，但我懂得不努力将永远平庸。

记得 2004 年秋，学校组织了一次校内公开课，因为是从事班主任岗位后第一次面向全校教师讲课，我认识到这一课的重要性，所以我精心准备。我清晰记得执教的是《小壁虎借尾巴》一课，虽然我是初试牛刀，但还是得到了老师及领导的认可。其实初出茅庐的我，可以说是正在学习的过程中，其实是一本教学杂志帮助了我——《小学语文》，我按杂志上的教学设计，照本宣科地讲了一遍。自那以后，我认识到学习是提升自己的唯一途径。

2005 年，我阅读了第一本教学类书籍是肖川的《教育的理想与信念》。2019 年 11 月 4 日，这是一个多么难忘的日子，我终于见到肖川真人了，听了他的讲座"教师的幸福人生与专业成长"后，心潮澎湃，懊悔没有把手中的《教育的理想与信念》拿去签名。这本书我一直珍藏着，阅读了两三遍，可以说这本书是我的启蒙教师。

2006 年，我代表学校参加了阿城区进修学校组织的说课大赛，这是我第一次出战，就取得了优异的成绩；同年，我又参赛加了"育龙杯"教学大赛，获得一等奖，这都得感谢学校领导一次次帮我改稿，一次次陪我磨课。我的努力及表现，赢得了小教部舒春艳主任的青睐，2008 年我参加了舒主任的"金源芳菲"语文团队，可以说那几年是我的蜕变。在团队里，我经常参加活动，在这个过程中，我因为每次活动的不同，而阅读不同的书籍，查找不同的资料，同时还要将学习到的内容与课堂教学相联系，形成自己的观点。也就是在那时，养成了动笔的习惯。我就是在那时创建了自己的博客——"淡月疏影"。我在阅读与活动中成长着，我也要感谢团队里优秀的伙伴们，如王继鑫、陈静、宋维佳、伊建勋、王新、周宗慧……他们是我成长中必不可少的催化剂。2011 年，我成了阿城区语文骨干教师；2012 年，我被评为阿城区"十佳青年教师"；2014 年，担任玉泉中心小学教学主任。同年阿城区教育局组织的全区教师水平考试中，我以 95 分的优异成绩，荣获了小学语文组第一名。

我要感谢我阅读过的书籍《汉字王国》《心理营养》《字理教学手册》《一路书香》《班主任工作漫谈》《陪孩子走过高中三年》《学生发展核心素养三十人谈》《在新课程中：困惑与成长》《爱心与教育》《新教育十大行动》《新教育的行者》……

虽然自己的业务能力在不断提升，但我觉得个人的文化底蕴还是太薄，这样会使我困于瓶颈，很难有质的飞越，所以我开始阅读文学类书籍。

说起这个，真是有些汗颜。因为我真的不爱读书。记得读中专时，同学们都在看书——不过都是小说。是环境感染吧，我也走进过借书的小屋，记得那时借一本书要5角钱，我借了一本《飘》，不过读着还是挺有意思的，可是没有让我爱上阅读。

　　2015年，我开始阅读文学类书籍：《骆驼祥子》《假如给我三天光明》《悲惨世界》《追风筝的人》《老人与海》《上下五千年》《目送》《于丹论语》《朗读者》《飞鸟集》《钢铁是怎样炼成的》《简·爱》《鲁滨逊漂流记》《绿山墙的安妮》《元曲》《豪放词》《第十一根红头绳》《诗经》《文化苦旅》《撒哈拉的故事》《余秋雨散文集》《一剪宋朝的时光》《汪国真精品集》……

　　起初，我逼着自己阅读，我记得我读的第一本就是《骆驼祥子》，足足读了三个月。但是我就是在自己逼自己的过程中爱上了阅读，我的办公桌上、家中的电脑桌上、床头前都是书籍，随手可得。我不太爱写读书的感受，但我喜欢摘录。把自己喜欢的句子，或是感触深的段落摘抄下来，还经常和单位中爱读书的人一起交换阅读，交流读书的感受，或是推荐阅读。从此，我的生活中，除了靓妆与美衣，还有诗和远方。

　　我是阅读的受益者，作为学校的教学领导，我也有责任带着教师阅读。2016年，我牵头成立了玉泉中心小学"玉兰清风"诗社，"玉兰"意喻培养学校教师拥有如兰花般淡雅清新的气质，一往无前的决绝之勇。"清风"取自《诗经》"吉甫作诵，穆如清风"意喻学校书香如和美春风，化养万物。我们在那里阅读名人名篇，在那里即兴作诗。记得2016年第一场雪，忽现灵感，写了一首《忆雪》：

　　"闲步路畔，飞雪忽现，漫卷狂风，无心赏雪急步变。风儿渐缓，雪花浪漫，又忆去年今时今日雪，心头暖意现。"

　　虽然文笔是稚嫩的，但我经历了由不会写、不敢写到乐写、爱写，我爱阅读，阅读改变了我的生活、我的形象、我的气质。

2016 年，我代表学校参加阿城区图书馆组织的书香女人阅读活动，我觉得这次活动是对我最高的评价，在演讲稿中我写道："书海中，我可以穿越古今。走近庄子，感受到的是心如澄澈秋水，行若不系之舟，他甘愿做一棵守护月亮的树，他甘愿曳尾于涂，为的是守护那纯净的心灵之树。走近李白，感慨其'仰天大笑出门去，我辈岂是蓬蒿人'的飘逸与豪迈。走近李清照，读到'寻寻觅觅，凄凄惨惨戚戚'，伤心的一切都在无言的文字中独白。于是，不再抱怨，不再沾惹纤尘，只愿静静地细数着光阴，重读岁月的温润。"

书籍走进了我的世界，我融入了书籍的怀抱。

身为教师，常拥有"桃李芬芳"的梦想，读书成为我实现梦想的助推剂。

读《爱心与教育》让我领悟到：爱是永恒的教育理念，没有爱，就没有教育，有爱的教育才是丰满的真正的教育；读《在新课程中：困惑与成长》使我懂得：教学内容不限于书本，它既来自课本，也来自学生生活；教材不是学生的全部世界，世界才是学生的全部教材，把学生的生活经验与教学内容有机融合，这才是常态的教育！魏书生的《班主任工作漫谈》，让我学习到了他独具一格的班主任工作经验和搞好班级管理的具体措施……

在不断地坚持和精心地阅读中，我的教育之路日趋成熟。阿城区、哈市、黑龙江省的讲台上有了我的身影，我也斩获了从区级到省级的各级大奖，前年，我被评为"阿城区十佳青年教师"，作为一名乡镇的教师，我为我自己而骄傲和自豪。

我也要感谢书籍，是它成就了我的教育梦想。

深知读书的好处，深知读书对自己发展的作用，所以我发挥个人魅力，也引导学生读书，时时讲解道理。当学生初学课文时，我会说："为学患无疑，疑则进也。"当学生在琅琅阅读时，我会说："不动笔墨不读书"是良好的习惯。当学生在感叹学习困难时，我会说："天下事有难易乎，为之，则难者亦易矣；不为，则易者亦难矣。"课余，我经常给学生讲名人的读书故事。在读书交流活动中，更是我们思维与思维的碰撞。研读《红楼梦》时，王熙凤好一个"辣"；读三国时，讨论曹操到底是怎样的人？《水浒传》里哪些英雄人物事迹让我们激情澎湃。我与学生沉浸在读书的快乐中，是书籍温暖着我们的心灵，滋养着我们的生命。

书是无垠的大海，它的浩瀚永远对比着我们的渺小；书是智慧的使者，它的厚重永远警醒着我们的单薄。书籍充盈着我的生命，铸就我的梦想；书籍激励我不断进取，成就孩子们的梦想；书籍滋养着每个华夏儿女，实现伟大的中国梦想！

作为教师，读书的意义让教师的字眼更加丰盈和厚重，让这份充满爱的职业更加真挚和深情。拥有爱的人，会无偿地给予爱，当我们的爱心自然而然献给了学生时，学生才会把我们当成老师。离开了爱，教育将无从谈起。

作为女人，不一定闭月羞花，但一定要气质如兰、温婉如莲。阅读，让心静下来，聆听花落的声音；阅读，在文字中徜徉，体验生命的美好。给自己一个微笑：无论世事多繁杂，我自优雅独芳华。

兴起波澜，为之壮阔

黑龙江省哈尔滨市阿城区解放小学　杨琪

夜雨入窗，盛夏已过，时至初秋，"一场秋雨一场寒"，微风透窗送入凉爽，与空气中混合着的泥土清新的气味，也让人能沉浸其中，抚平心中烦躁。倘若还有如夜雨这般抚心的，那便是于手边案牍之上的书了，于书中目光所及之处或流连于美景之中，或沉醉于梦幻之内，或涉于惊险之际，或羡于美丽故事之情……阅读，就是与有不同人生际遇之人的谈心，与平行时空之内的相知相遇，期盼，惊喜，叹息。读书于我只是爱好，全做消遣，于书中得益多少，却很难定论。而说到个人阅读史，便觉得自己读过的书颇少，不值得提笔记录，但又一细思，从启蒙伊始，阅读也持续二十八年之久，人生须臾百年，此间三分之一可做纪念。

轻抚腹中之子，思绪随雨丝飘远，回忆纷至沓来。从蒙学开始至大学，再到从业，各个阶段读过什么书。幼时，家人皆支持阅读，家中书架每每添新；步入高中，由于高考的压力，接触的课外书量骤降。时至大学，时间自由，亦有更好的条件可以读自己喜欢的书，但回想起来，读的书量不算特别多，但种类却很驳杂。大到先贤圣人的为天地立心之著，到文化小论，茶道酒道皆可一读，从业之后才开始更系统地广泛阅读与教育相关的书籍。翻查回忆，此间为新的起点。

1989年，我生于比邻俄罗斯的边陲小城，父母都是医生，两岁半启蒙，远在西安求学的舅父送我了一副由100个简单的汉字组词的生字卡、一套拼音卡、一套谜语积木，寓教于乐，通过认写认识了数字，家人口述跟读的方式背诵古诗。幼儿园时期，喜欢天马行空的神话故事，那些古色古香的描绘带给我无限的神往。上小学后，记忆里收到的第一本书是父亲出差回来送我的《安徒生童话》。小学期间读过很多的故事书和画本：《格林童话》《西游记连环画》《中华民间故事》等。故事中美丽的天鹅、勤劳的田螺姑娘、善良的农民总是能遇到会法术的仙女，过上幸福的生活，那是心里最初关于善与美的记忆。同时保留幼儿时阅读古诗的习惯，开始从背诵中初步体会诗中的美。与父母一唱一和。和堂妹两人分享全套的《十万个为什么》，从星空沉向深海，感受世界的奇妙。《爱丽丝漫游奇境记》《木偶奇遇记》《海底两万里》等儿童文学作品也步入我的书架。喜欢连载的《儿童文学》和《小雪花》。

初中时，由于自己的识字量增多，阅读速度的提高，不再满足于画本和短篇的文学作品，开始渴望吸收更多的长篇书籍。于是，书架上《西游记》替换了《西游记连环画》，也多了《三国演义》《家》《童年》《格列佛游记》《高老头》等。《童年》中那个叫阿廖沙的可怜孩子，他在污浊黑暗的环境中依然保持着生活的勇气和信心，逐渐成长为一个勇敢、正直、内心坚强充满爱与阳光的人。这坚强、这品格带给我最直接的震撼。同时期还看了《水浒传》《春》《秋》《名人传》《假如给我三天光明》等。宋词也进入了我的阅读圈。

高中阶段，我们这代人受应试教育的影响，每个人都是专心研究语数外等与考试有关的书，而《红楼梦》一书在我们学生之间传阅。书中对凤姐描写"只闻其声，未见其人"，而我对阅读《红楼梦》的期待却是

"久闻大名，但求一观"。时值年少，更多感动于宝黛爱情，叹于命运弄人，感触当时封建社会的冷漠与残酷，惊叹于曹先生文笔细腻与文采飞扬，但因篇幅较长，草草读之，未及深思。高中教材较多鲁迅先生的作品，从他的弃医从文，可见他的救国心切，刻画的祥林嫂、孔乙己、阿Q是对人心的一个深刻揭露、描写的老栓和小栓突出了当时人们的愚昧无知，笔如匕首，他的笔尖传达出想要唤醒人们那种愚昧无知的强烈愿望，他告诉人们：不在沉默中爆发，就在沉默中灭亡。我也匆匆浏览过鲁迅先生的《狂人日记》。同时期开始接触如舒婷、顾城、北岛等诗人的现代诗，金庸、古龙的武侠小说，以及像《简·爱》《飘》《红与黑》等外国文学。也不乏韩寒与郭敬明。当然，高中阶段也喜欢看很多的杂志类书籍，其中《读者》《青年文摘》《新青年》《萌芽》都是我的最爱，诗词的欣赏也偏向于苏轼、李清照、辛弃疾，更爱的是奉旨填词的柳三变，也爱元曲，阅读像学过的政治一样都告诉我们道路是曲折的，前途是光明的，量变是一定会达到质变的。

2009年大学开学，从高中紧张忙碌的氛围中走出来了，感觉无比的轻松自由。清晰记得自己大一时第一次走过图书馆光影斑驳的回廊，在馆内三楼众多的书架藏书中，翻开了卡耐基的《人性的弱点》一书，从此书中我获得的最大感受就是：思想影响行动，行动改变自身，我们要时刻保持最激情的状态，最乐观的想法，同时也要严格要求自己做自己情绪的主人，要懂得把控情绪，而不能被情绪所控制，并且知而不行则无用，我们还要立即行动，这样才能在实践中对自身有所纠正。

学校图书馆是自由开放的，不会有人强迫你看什么类型的书，琳琅满目的书籍任凭喜好挑选。图书馆是一个好地方。在这里，每个人可以以书为友，在这里我们的思想是自由的，可以和林徽因、张爱玲、萧红等人聊天，从东野圭吾到泰戈尔，从茶道到酒文化，从游记到诗词，各色文化概论……天南海北，古今中外，甚至《金瓶梅》等书均可借阅。让我再一次沉浸于书中的大千世界。

2013 年，我从业后，为了更贴近于孩子们的内心，找到自己与学生相交的童心，重温了许多儿童文学、绘本和《傅雷家书》《爱的教育》等，也看了《给教师的建议》等。在读《窗边的小豆豆》一书时，小林校长的教育方法，让我对育人有了更深入的理解，欣赏他对孩子们的理解，可以站在孩子们的角度去看待问题、思考问题，他是我心目中的理想老师。非师范院校毕业的我也开始在网络推荐下更为系统专业地阅读教育方面的书籍。

2019 年因工作调动我接触了新教育，因此开始关注关于新教育的书，学校统一为班主任购入了朱永新教授的《新教育》，全书共十个章节，分别是营造书香校园、师生共写随笔、聆听窗外的声音、培养卓越口才、构建和谐课堂、建设数码社区、推进每月一事、缔造完美教室、研发卓越课程、家校合作共建。这十章诠释了新教育的教育理念，仿佛如思维导图的分布线串起我从业至今的所有育人工作，醍醐灌顶。让我有所可依，进行分类整理，添加。系住所有，不再杂乱。

新教育实验是一个以教师的事业发展为起点，其目的是帮助教师和学生过一种幸福完整的教育生活。现在全民阅读量堪忧，一个人的精神发育史实质上就是一个人的阅读史，而一个民族的精神境界与全民素质，在很大程度上取决于全民的阅读水平。读书就意味着教育。而孩子的读书兴趣培养更多受父母与教师读书兴趣与水平的影响。成年人的阅读习惯不仅是孩子读书的前提，而且是整个社会基础教育的前提。"晨诵午读暮省"，包括诵读、读写绘、整本书阅读。潜移默化地影响着孩子们的阅读习惯，无论是那些开启一天美好的诗歌，还是那被反复甄选出来的经典名著，它们都深深扎根于孩子们的日常生活。让孩子们在最好的童年时光与永恒的经典相遇，让这些经典开拓孩子们胸中丘壑，这正是阅读的价值所在，也是我在学习新教育理念中对阅读感受最深的一点。

同年 10 月我有幸第一批加入新教育修能读书会，在共读活动中，阅读了《读书是教师最好的修行》《让学生看见你的爱》《我的教育故事》

《让教育更明亮》《我的阅读观》《致教师》《教学勇气》等书。让我看到了那美好的教育情景，不再是我们学生时代追求的那冰冷的分数、两耳不闻窗外事的埋头苦读，而是根据孩子天性的特点从小就培养其阅读习惯，使之成为精神丰满的人。只有关注孩子成长，通过适当的关心、抚慰的方式，帮助他们。孩子有自己的想法价值，孩子应该在"懂"的基础上去树立正确的价值观，而非父母与教师强加于孩子认知规律外的标准答案。在此基础上更好地养成独立思考的习惯，潜移默化地培养批判性思维，进而拥有创造精神和实践能力。从小就注重培养学生关注身边的人和事，进而关注社会热点，不再是一心只读圣贤书的"书呆子"，真正培养孩子的综合素质，提高其自身能力，这些都让我看到了教育更美好的前景，也有了为之努力的方向，践行新教育理念，做到真正的"德高为师，身正为范"，培育社会需要的幸福且有温度的人。

2020年春季突如其来的疫情，"停课不停学""延期开学，线上授课"。居家网络直播授课期间，我还穿插阅读了《一间可以长大的教室》《第56号教室的奇迹》《教育的情调》，这些书，让我更加坚定了自己的教育信念，为自己设置一个一生为之奋斗的目标，这样才能不断增强自我的责任意识和使命感，才能不断进行自我挑战，坚守理想，追求教育真谛。只要行动就有收获，只有坚持才有奇迹。

凡事只有比较级，无最高级，教育只有在永无止境的探索中才能建构得更加明晰，在永不停步的发展中壮大完善。努力追寻教育之梦，过一种幸福完整的教育生活，是我们每个教育人共同拥有的梦。

读书，可以让我们明智，其中所蕴气度犹如呼吸，吐纳之间，可以见人的气质与涵养。而教育的本质是读书明智。教育是对中华民族伟大复兴具有决定性意义的事业。它不仅决定了我们的今天，也决定着我们的未来。"我自一泓清泉，浅吟低唱永不干涸"，这一泓清泉源于阅读。我愿这一泓清泉流入孩子内心，激起心中波澜，为之壮阔。

书滋养我长大

黑龙江省哈尔滨市阿城区回民小学　张可欣

林语堂说："读书使人得到一种优雅和风味，这就是读书的整个目的。"无目的的读书，可以让读书人在完全放松的状态下，汲书之精华，融韵之博大。很庆幸，从小我就是这样，总在百无聊赖的状况下，用书打发时间，不知不觉接受着书的滋养，让身体和灵魂一起长大。

我的小学时光是在农村度过的，那里有蔚蓝的天、连绵的山、莹莹的绿草、娇嫩的稻田，可是七八岁的我是个古怪的少年，不喜欢出去玩，只喜欢躲在林老师家的西屋，和林老师的女儿抢《儿童文学》看。那时候总有大把的时间不知道干什么，可是一去林老师家看《儿童文学》，时间就会过得特别快。在一个个同龄人的故事中，我见识到了世界的精彩；在一篇篇生动的描述中，我认识了许多没见过面的朋友。那时候，世界于我而言就像一个神秘的盒子，而《儿童文学》就像那把可以打开世界的钥匙，每天放学后我都迫不及待想去拿这把钥匙，开启未知世界的甜蜜与离奇。

到了初中，我来到了镇里，林老师家，不再是我唯一能看书的地方了，书店、老师的办公室、同学的书包里，到处都有书。家里人也开始支持我买书，我拥有的第一套书是高尔基的自传体三部曲《童年》《在人间》《我的大学》，还记得刚买回来时我如获至宝，精心选了书皮仔细地包上，小心地翻开，生怕弄折了哪一页。书里面有好多不认识的字，好多不会断句的名字，好多没听过的城市，好多新奇的比喻……我的世界就像瞬间开满了鲜花，此起彼伏，我兴奋地在身边放了一本词典：遇到不认识的字就查出来标上，遇到不明白的词语就查完记在小本子上，遇见新奇的比喻就誊抄下来，遇见作者的感慨，自己也跟着感慨一下……拥有了这套书，我的世界一下就被点亮了。仿佛自己经历了一次不一样的人生，感同身受地喜着阿廖沙的喜，悲着阿廖沙的悲，伴着阿廖沙祖母的故事入睡，又被他的舅父们的争吵声惊醒……读书真的可以带你领略不一样的人生，有好多经历也许我们一辈子也不会遇到，但是在书里，我们可以切肤地体会。多么神奇的体验呀！

偶然的一个机会，我做了一篇阅读题，读到了《三十年的重量》，莫名地对余秋雨先生产生了敬意，感动于他对文中初中女生的信任和保护，更遗憾于女孩知道他教授身份后的无奈。不禁感慨世间竟有如此神力，可以将情绪传达得如此直抵人心，文字的力量深深地刻在了我的心里。我也更加痴迷于探寻更多文字里的秘密。

后来我又拥有了《红岩》《鲁滨逊漂流记》《西游记》《老人与海》……记忆中，我总是蹲在奶奶家的窗台下面，迎着清风，伴着暖阳，旁边放一本厚厚的大红字典，捧着一本刚入手的书，津津有味地读着，腿麻了就换个姿势，那段时光是我记忆中最悠闲温暖的时光，即便到现在，我也依然喜欢蹲在窗台旁边看书，喜欢微风吹拂，喜欢暖阳遍洒，喜欢破旧的大红字典陪伴，似乎这样就能回到那沉静美好的岁月。

2005年，我考入了高中，每天与习题作业为伴，"读闲书"成了奢侈。每一个被闹钟叫醒的清晨，我都会诵读一段名篇经典，感受来自几千年前的豪迈与遗憾；每一个匆忙简单的午餐时间，我都会忙里偷闲看一篇《格言》，见识一下标新立异的思想；每一个挑灯夜战的夜晚，我也会悄悄地拿出喜欢了几年的余秋雨的作品品读一番。《文化苦旅》让我在"道士塔下"为民族悲剧激愤流泪；《山居笔记》让我在苏东坡的突围里体会到，坎坷的遭遇有时候也会成为生命的馈赠，让我学会积极地面对所经历的一切；而《霜冷长河》让我在还没有丰富的人生阅历时，提前感受了遇见与流逝……

余秋雨先生的作品，陪伴了我度过整个紧张焦虑又些许无力的高中阶段。失利时他曾给我力量，得意时给予我赞许，这让不太自信的我，回忆起这段在外求学的青葱时光，感觉充实而有力量，也是从那时候起，我知道了文学不仅仅是华丽的辞藻、感同身受的故事、个人的情感表达，很多时候，文字承载的是历史的重量，是文化传承的使命，是家国的情怀与民族的期待！

2008年，我考上了大学，寒窗苦读十二载，终如愿！大学四年的时间，很短，短到来不及感受张爱玲的浪漫、来不及同情萧红的命运悲惨与内心纯善、来不及领略李白苏轼的潇洒、来不及品味秦观李煜的悲欢。这四年的路似乎一直很匆忙，忙于社团活动，忙于各种比赛，忙于学生会的工作，忙于教法的研究与实践。借回来的每一本书，虽然都没有办法读完，但是还是喜欢去图书馆借，似乎把书拿到手里就会心安，哪怕就看几章也会觉得这大好的资源没有浪费，这大好的年华没有虚度。

毕业后，一度很后悔，以为再没有免费的图书馆了，怪自己没有在大学的时候多读一些，很长一段时间，都在和朋友借书看，她是个喜欢科幻的女孩，比如《哈利波特》《达·芬奇密码》《失落的秘符》，本来我是个文艺女生，对这些书不太感兴趣，可是刚毕业也没钱买那么多，于是就和她换着看，她看我的文艺，我读她的科幻与悬疑，慢慢地，我发现了其中的魅力，从不熬夜的我，第一次熬夜就是因为担心兰登和索菲的命运。环环相扣的情节、出人意料的设定，让我见识到了科幻与悬疑不一样的吸引力。原来，每一本书都像一个人，性格迥异却充满魅力，人应该学会接受未知的领域，就像我刚开始读《儿童文学》不正是因为想了解不一样的世界吗？也许这就是初心吧……

2013年，我考到了亚布力镇小学，在这里我又住进了学校的宿舍，仿佛回到了大学时光，三点半孩子们放学后，剩下的大把时光，我都可以用来看书，也许人生就是一种轮回，当年匆忙大学时光酿成的遗憾终于在工作时得以补偿，更幸运的是，我又发现了一个可以免费读书的地方——黑龙江省图书馆。那时候父母在哈尔滨，我在亚布力，于是我每周奔走于哈尔滨与亚布力之间，周末去省图看书已经成了我生活中的一部分，拿个小本子，早早地去三楼占一个靠窗位置。

在这里，我结识了张晓风，一位用独有的温柔笔触，将许多情感、情绪、情结，以散文的形式展现在我们面前的笔者。读她的文字，会有一种"有一意思，积久欲说，而未说。突然就被她说出来了"的感觉；我遇见了毕淑敏，知道了"女人不要把一生的幸福，寄托在婚前对男性的千锤百炼的挑拣中，以为选择就是一切，对了就万事大吉，错了就一败涂地。选择只是一次决定的机会，但正确的选择只是良好的开端，我们依然会遭遇风暴。"也更深刻地体会了矛盾是普遍存在的在生活中的意义；我重新认识了徐志摩，"我想我们力量虽则有限，在我们告别生命之前，我们总得尽力为这丑化的世界添一些美，为这贱化的标准，堕落的书卷添一些子价值"这是他生前说给凌叔华的话，也让我对他风流才子的偏见之余有了些许尊敬。

同时，在这里，也让我对自己所从事的教育事业有了新的想法和感悟，让我对自己的性格形成有了深思：几米的《我不是完美小孩》，会让我突然想起儿时老师的一句话"你们的成绩决定着一个家庭过年的气氛，好好考吧！"以至于现在，我的心里依然有阴影，可是都这么大了，依然没有交上让父母满意的答卷。有时候觉得孩子们很可怜，在最爱玩的年纪，却肩负着最艰巨的"习惯养成"任务，曾经有一个同为教师的姐姐和我说过，很多时候她生气是因为孩子不努力而不是成绩不如意。可是，有没有扪心自问过，是不是家长和老师自己不容易满足呢？回想一下当年的自己有没有经历过这样童年或青春期的委屈呢？我只希望我们班的孩子可以快乐，不要有童年的阴影，不要永远觉得自己没有给别人一个完美的答卷。

四年的往返，四年的奔走，四年的读与悟，让我弥补了大学那四年的遗憾，也让我在不知不觉中养成了阅读的习惯，感谢那奔波又有希望的四年。

2017 年，我回到了阿城，这片生我养我哺育我的土地，回到了回民小学，遇见了李校长，遇见了马校长，遇见了一个重读书的团队，遇见了一群爱读书的人，加入了一个"一路向暖"的读书社团。

这段时间里，我在东野圭吾的《白夜行》里，体会黑暗里的光亮与温暖；在余华的《许三观卖血记》里敲响回忆之门，更随他一同去聆听时代的声音；在沈复的《浮生六记》里认真体会生命的宽度；在李笠翁的《闲情偶寄》里细心发现生活的点滴美丽；《皮囊》里母亲的坚守与信念让人尊崇；《月亮与六便士》里查尔斯的"只能望见月亮"，让我对诗和远方有了更深的向往，也更深切体会到精神富足的力量……每一段文字都是一堂课，让你在迷茫的片刻，获得共鸣的解脱；每一本书都是一个有趣的灵魂，让你在枯燥的日子里，寻得一刻鲜活；每一位作者都是一位人生导师，让你在浮躁的人世间，觅得一丝宁静。

回想起这一段段的经历，会发现所读的每一本书都已经成为了血液里、灵魂里的一部分，《窃读记》里说"我们是吃饭长大的，也是读书长大的"，确实，我们都是被书滋养长大的……

向着明亮那方……

黑龙江省哈尔滨市阿城区解放小学　李维双

提到"腹有诗书气自华"，你首先会想到谁？我猜，你会和我一样，想到央视一姐——董卿老师。她主持的每一场节目，点评的每一场比赛，都充分展示了她丰厚的文化底蕴。这些都来自读书。她曾说过这样一句话："读书让人学会思考，让人能够沉静下来，享受一种灵魂深处的愉悦！"

然而谈到读书，我却感到非常惭愧。从小生活在农村，除了课本，根本不知道还有课外书这回事，更别提读了。一直到了师范学校，知道了图书馆里有很多书，可以借阅，才开始了课外阅读。但由于从小就没有看书的习惯，读书很慢，也提不起兴趣。只是跟风一般和同学一起读了我国的四大名著以及几部外国名著，如《简·爱》《巴黎圣母院》《呼啸山庄》等。说实话，只是囫囵吞枣，并不能体会作品所表达的内涵。

所幸，在校期间报了自考，选择的专业是汉语言文学专业。为了能够通过考试，我这个只知道学习课本知识的乖孩子，每天都在背诵古诗词，了解每一首诗词的写作背景等。两年的时间，通过了所有自考的科目，在中师毕业前就拿到了大专的毕业证。在这个过程中，我的语文基础和文学素养也得到了一些提升。

刚参加工作时，每天大部分的时间都用在了备课、上课、班级管理、作业批改等琐碎的工作中，早把读书抛在了脑后。这时，学校鼓励老师们积极订阅书报杂志。《青年教师》杂志走进了我的生活，我从中学到了有效的教育教学方法，让我在繁杂、琐碎的工作中得到些许轻松。后来，我出了一节公开课，题目是《富饶的西沙群岛》，受到了学校领导和同事的好评。一位老教师给我推荐了《情境教学》这本书，她说很适合我。这是我第一次接触李吉林老师的情境教学，我被李老师带入了一个个情境中，感受到了语文教学的魅力。这是对我影响最大的一本书。渐渐地，我的视野开阔了，我不再闭门造车，每当我在教育教学中遇到困难的时候，我就会在书中寻找答案。2008 年，我有两篇教学设计分别发表在《中小学数学》和《语文教学研究》杂志上，这让我再一次品尝了阅读后收获的喜悦。

作为一名班主任，我时刻想成为孩子们心中最棒的那个人。于是，我读了李镇西老师的《做最好的老师》一书，感触很深。这本书是李老师 25 年教育教学思想和智慧的精华集粹，读着这本书，脑海中就出现了一个活生生的李镇西，他离我们那么近，他能为一句伤害了童心的玩笑话而真诚地向学生道歉，能在课间与学生一起游戏，能在节假日与学生一起郊游，能把"转换后进生"工作当成重要的科研课题……他每天的工作也曾像我们一样，繁杂、琐碎又充满着挑战与快乐。我被李镇西老师对学生的爱深深地感动了。

在李镇西老师看来，爱是永恒的教育理念。所以作为教育者必须拥有童心和爱心。李老师提出：教师的童心意味着怀有儿童般的情感，能够自然地与学生"一同哭泣，一同欢笑"的教师无疑会被学生视为知心朋友，赢得学生的心灵。

在这一点上，我觉得我和李老师蛮像的。我始终能够站在孩子的角度去想，孩子们需要的是什么，是体验，是参与。每年在开运动会之前，我心里明明知道班级里的哪个孩子跑得快，可以直接进行报名。但是，为了让每个孩子都参与到活动中来，感受体育带给人的快乐，我会利用一定的时间进行选拔。让每个孩子都来跑一跑，试一试。集体项目也让全班每个同学都来试一试，就相当于在班级开展一次运动会了，然后再从中选拔。有些同学虽然失败了，但他们享受到的是参与的乐趣。他们也会从中得到启示：只要在某一方面优秀，就会有展示的空间。

因为我了解他们，我喜欢他们，所以学生会经常跟我说："老师，你好像个小孩儿！""老师，你可真好玩！"我会欣然接受这些评价，我认为这是对我的夸奖！我们的关系越来越亲近，我的教育生活也越来越幸福！正像李镇西老师在书中所说："生活在学生中，就是幸福，就是最好！"

近些年，我们国家对于全民阅读习惯越来越重视，所以，小学阶段让学生养成良好的阅读习惯更显其重要。作为一名语文教师，我把阅读的书目转向了优秀的童书，我觉得这样才能引导学生看书，为学生推荐优秀的童书。高尔基的《童年》《在人间》《我的大学》向学生展示了一个在书籍的抚慰下成长起来的少年；曹文轩的《草房子》教会学生向上向善；《鲁滨孙漂流记》让学生懂得如何在逆境中勇敢生存……童年时不曾看过的经典，在为人师时弥补了遗憾。

每当假期来临，我便开启了阅读模式，《平凡的世界》《狼图腾》《解忧杂货店》《一碗清汤荞麦面》……在我面前呈现了一个个不同的世界，为我指点迷津。当我迷惘时，我会想起《飘》中的主人公斯嘉丽的话："明天又是新的一天。"的确如此，无论如何，生活都不会停滞，一切永远向前。我们应该用热情和希望迎接美好的未来；当我退缩时，《钢铁是怎样炼成的》中，保尔的形象就会出现在眼前，让我没有理由不奋斗；

当我抱怨时，《感谢折磨你的人》中，字字句句回响耳畔，让我对一切心存感激……

从接触新教育实验以来，我进一步认识到读书的重要性。于是，手捧《中国新教育》，体会阅读的快乐。

2019年，我还参加了真爱梦想讲师团的培训，和来自全国各地的优秀教师们一起参加培训是我的荣幸；同时，大咖云集的讲师团让我感到莫大的压力。我似乎不敢张嘴说话了——读书太少了！原来，在真正热爱阅读的人面前，我读的书真的就只是九牛一毛。于是，在其中一个培训环节中，我为自己制订了一个读书计划。从2月1日起，每天阅读1小时以上，并写读书笔记。从那时到现在，我一直在坚持，我觉得自己的精神世界在逐渐变得丰盈。其中印象最深的是阿德勒心理学中的《被讨厌的勇气》这本书。全书以对话的形式展开，给人启迪，更让我们老师懂得怎样为学生撑起一片蓝天。作为班主任，每天都要和那么多孩子打交道，如果不能真正了解他们的想法，那么教育也都是空中楼阁。

我班有个孩子特别固执，以往我和他交流，他总是觉得我没有理解他，委屈他了。读了《被讨厌的勇气》这本书，我知道了问题的所在。我就用了很长的一段时间耐心地去和他交流，说到了他的心里，使他对我的这种教育表示认同。我发现这孩子内心是比较焦虑的，他总在意其他人对他的看法，其他的孩子在交流的时候，其实没有说他的坏话，他总觉得旁边的人在说他的坏话。然后。对于老师对他的教育，他有不满情绪都表现在脸上，让周围的同学认为他不尊重老师，所以他的人际关系不好。我发现这两点以后，和他进行了沟通，告诉他以后要怎样与人相处，他虚心地接受了，我觉得这是书籍带给我的智慧。

我下载了《樊登读书》App，听书几十本，并记录了读书笔记。其中《非暴力沟通》《刻意练习》《正面管教》《你是孩子最好的玩具》《父母的语言》，这些书使我对家庭教育的重要性有了更深刻的认识，同时也知道该如何指导家长更好地进行家庭教育。如今两本厚厚的笔记本已经写满了，现在正在写第三本。每天尽管有很多事情需要处理，但是如果睡觉前还没有读书，没有写读书笔记竟睡不着了。我还购买了《樊登讲论语》这一专辑，在樊登老师的解读后，孔子的教育智慧逐渐被后人所理解，广泛应用。其中"君子不器""敬事而信"等章节对我影响很大。作为教师，我要对我的职业有一份敬畏之心，时刻谨记"学高为师，身正为范"，做好人类灵魂的工程师。

今年，世界读书日那天，我送给了自己一份礼物——《教育的情调》，"教育现象学"第一次出现在我的字典里，书中的一个个小故事，引发我对教育的深度思考。

其实，教育就是一棵树摇动另一棵树，一朵云推动另一朵云，我愿意做那一棵树，那一朵云。虽然还不够完美，但我会一直努力，带着我身后那一群可爱的孩子，向着明亮那方走去。而阅读，就是通向那方的路，就是点亮生活的灯……

蓦然回首　原来书香一直相伴

　　自己的阅读历程是从何时而起的呢？这样的问题还是第一次出现在我的脑海里，是无忧无虑的童年，是埋头读书的少年，还是在 23 年教学之路上呢……

　　我的童年是快乐的，无忧无虑的，对于上有一个姐姐两个哥哥的我来说，每天的任务就是管好自己不去给哥哥姐姐添麻烦。我也很听话，在完成很少的作业后，不用去做家里的家务。我记得那是在一个暑假，我到邻村一位姓孙的同学家去玩，她家里成摞的《作文周刊》引起了我的注意，打开一本，里面的内容很丰富，记得有很多同龄孩子的作文，还有小笑话，还有谜语什么的，更让我吃惊的是她家竟然在三年前就给她买了，每月一本。当别的孩子到处去玩耍时，我已经开始了除了书本以外的第一次阅读。那个年代能有一本课外书是多么骄傲的事情啊，所以这位孙同学并没有借给我回家读，接下来我就成了她家的常客。这样的阅读让我知道了，和我同龄的小朋友作文语句写得是如此优美、如此吸引人，也让我了解了除了我们村以外的小朋友的生活和他们的所思所想，我开始向往外面的世界。也许正是由此，当升入初中时，同村的孩子因上学路远相继辍学，面对每天需要独自往返近 15 里的上学路，我没有放弃。

进入初中，我认识了更多的同学，我的阅读也更广泛了，书当然还是借别人的。初中的语文教师推荐我们阅读《钢铁是怎样炼成的》《红岩》和四大名著等书籍。每到周末，我会读从同学那里借来的书，现在想来，除了记住了每本书中的主人公和主要梗概外，所获不多。还记得一个寒假读《红楼梦》，翻开后我蒙了，竟然是文言文版本的，几次翻开后又放下，因为以自己的知识量真的很难读懂。可是那个假期又很漫长，还好学过两篇《红楼梦》的节选，我就找到相关内容再读。《红楼梦》中人物的对话描写深深地吸引着我，黛玉宝钗晴雯写的诗也令我兴味盎然，虽然有些情节人物关系是在好多年后才弄明白的，但是这本《红楼梦》还是我中学时代最喜爱的一本书。

进入初三，由于家里经济的原因，我报考的志愿只有一个，就是"中师"，这样可以减轻家里的负担。在 1992 年考上中师是很难的，除了身体要合格，还需要成绩特别优秀，因为那时一个乡镇每年只有一个名额，为了这个目标我像保尔·柯察金一样全身心地投入学习，面对困难一点也没有退缩。可是，当成绩下来时，我还是以第二名的成绩与教师无缘了。除了中师，考中专是我们寒门学子的第二个选择，我走上了复读之路。1993 年，我如愿考上了当时很令人骄傲的中专学校，考入中专就意味着四年毕业后你就可以不用种田，就会有一份体面的工作。

走出农村，我看到了更大更美的校园，看到了几层楼高的图书馆，看到了从来没有看到过的图书。对于兜里只够生活费，几乎没有灵活资金的我来说，打发周末最好的方式就是图书馆了。每到周末我都会出现在学校二楼的图书馆，因为这里有我喜欢的时尚杂志，比如《读者》《青年文摘》《少男少女》《妇女之友》，还有什么我记不清了，总之，每次去我都会盼望着更新。我还很认真地摘录下对我触动大的句子，也就是心灵鸡汤，我记得我记了整整一大日记本，每当失意沮丧时，这些句子给了我很大的动力。随着阅读的深入，我开始了经典名著阅读之路，《简·爱》《飘》《基督山伯爵》《安娜·卡列尼娜》《羊脂球》等渐渐走入我的视野，故事中的主人公个性鲜明而又充满魅力。自尊、自爱、自立、自信，平凡却不平庸的简；敢爱敢恨而又任性的斯佳丽，她一面在拼命让自己幸福，一面又不断地把幸福推离，把爱人推向深渊；还有那个受尽生活磨难仍然保持善良的艾德蒙……我非常庆幸自己能爱上阅读，在我家庭突遭变故的时候，是阅读让我知道生活不会一帆风顺，很多人经历的苦难更多，可是这些困难却让他们更加强大，我也会如此。

四年的中专生活过得很快，转眼就毕业了，走出校园对接下来的生活充满了期待。当时我被分到现在的金龙山镇政府工作，可是因为当地教师特别缺少，于是就把和我同时分配的 8 个人一起分到学校，我也成为了一名教师。命运真的挺有趣，兜兜转转我还是成为了我最初想成为的人。在金龙山中心小学工作的时间很短暂，大概一年多，我就被调到现在的亚沟中心小学。进入教师队伍，对于不是科班出身的我们来说有很多知识要学，如何备课、上课，如何制订教学计划等。于是每个周末时间，几乎都被各种培训占据着。这段时期接触最多的是各种教育教学方法方面的书籍，是一些能够弥补我教学理论不足的书籍，比如《小学语文教学法》等，这样的培训和阅读，再加之前辈们的耳提面授，让我很快融入了教学，能够从容地面对学生了。而与前辈们相比，我自知相差甚远，还好我好学。上语文课时，我发现了自己历史知识上的不足，因此我又开始了阅读之路，恶补了古代历史知识，阅读了《资治通鉴》《话说宋朝》《话说汉朝》《春秋五霸》等书籍，还有关于历代诗人生活的时代和他们成长经历的书籍，如《唐宋才子实录》，这些阅读不但让我的课堂内容更加丰富，也让学生的学习兴趣更浓，而我的教学之路也越走越宽了。也许这就是周益民老师说的"不一样课堂的背后是阅读的积淀"。

"知识就是力量"，我的学生也与我在阅读中体会着成长的快乐，除了班级有孩子们喜欢的图书外，每学期我还会根据学生年级的不同安排必读书目，比如《丑小鸭》《狐狸爸爸》《哪吒传奇故事》《窗边的小豆豆》等。每学期开学时，我都会举行孩子们喜欢的形式多样的读书汇报会，读书让疯惯了的孩子视野更加开阔，言行举止更加有礼，有节。

在不断成长中，我积极参加各种各样的培训，接触的教学书籍越来越具有实效性，如《班主任可以做得这么有滋味》《读书是教师最好的修行》《教师的深度幸福》《做有温度的教育》《思维影响教育——给教师88个批判式思考》《创造一间幸福教室》等等。而给我触动最深的是李虹霞老师的《创造一间幸福教室》一书，这本书给我的感觉是甜甜的、暖暖的，与我读过的很多的书有所不同，让我深深体会到了教师职业的幸福和意义。

学无止境，前段时间我有幸参加了教育局组织的修能读书会，结识了教师中的佼佼者，希望我能距离这样的优秀教师越来越近，"积少成多、积沙成塔，积跬步以致千里"，与大家共勉。

我的阅读史

黑龙江省哈尔滨市阿城区胜利小学　王兵

我出生在农村的一个普通家庭里，上小学时，读得最多的书就是课本了，没有额外读什么课外书。印象唯一深刻的就是曾经一次老师让我们每个人讲个故事，也忘记了那个"王老二救火"的故事在哪里看的了，记得当时老师还特别表扬了我，说我讲的故事有些道理，当时内心很是高兴。通过那一次讲故事让我有了想多读些课外故事的冲动，只是家里条件有限，父母特别辛苦，我也没有提买书的要求。偶然看到的一些课外故事，虽然记不起来在哪里看的了，但是读书的感觉真的让我很兴奋。

小学刚毕业的那个暑假，妹妹的老师推荐她们读冰心的《繁星·春水》《爱的教育》《伊索寓言》，妹妹磨着妈妈买下了那几本书，没事儿的时候我也会跟着一起看。《伊索寓言》里的小故事特别有趣，故事简短、道理深刻、引人反思，感觉自己被这些小故事迷住了，看了一遍又一遍；当看到《繁星·春水》时，我感触颇深，那么短小的诗，读起来却朗朗上口，让人内心舒畅，感觉很美好的样子。这算是我第一次正式地读课外书，感觉真的很欣喜。

　　初中时，农村各方面还是相对落后，但是通过在学校的学习，我深深地意识到"知识可以改变命运"，那时为了考高中而刻苦努力着，有一次，无意中看到了一套四大名著，因为中考可能会考里面的某些内容，而且价格很便宜，所以就买了下来，想好好读一读，但是学业任务重，没有花时间去细读，这也是让我觉得比较遗憾的一件事。

　　上了高中后，才又重新开始接触了一些课外书，记得当时班级同学特别喜欢看小说，也跟着读了郭敬明的《梦里花落知多少》《幻城》，还有明晓溪的《明若晓溪》，印象最深刻的是一本叫作《非是非非》的书，讲述的是关于悖论，这是让我读的最入迷的一本书，通俗易懂的故事，展现了形形色色的悖论，越读下去，越想去解决里面的问题，但是好多时候却想不明白，接着看下去却又让人恍然大悟，真的是很好的一本书，或许我可以再读一次。除了这本《非是非非》，我又重新拾起了《红楼梦》，读的时候摘抄了好多诗句，因为非常喜欢，所以反复诵读，特别是那首"葬花吟"，喜欢到都能背下来。这些诗词的积累，让我萌发了用诗词表达感情的想法，偶尔也会写一些稚嫩的词句，表达 某个瞬间的情感。而今翻开那本笔记，看着虽然浅显，但感觉依旧美好。除此之外，为了写好作文，也会和同学互读各自的作文书，还会经常买些像《意林》《读者》《格言》这类的杂志，记得有一本新出的《创新作文》，当时读了好多遍。读了一些经典美文之类的书籍，印象中纪伯伦的那篇《虚荣的紫罗兰》，这篇散文至今让我回味，名字虽然是"虚荣的紫罗兰"，然而他真的虚荣吗？变成玫瑰那是她的梦想，追求梦想有错吗？而现实中的我们到底是该像其他紫罗兰一样安于现状，还是像那棵"虚荣"的紫罗兰一样去勇敢地追求玫瑰之梦呢？读书让我重新思考生活与梦想，更加坚定了前进的方向。那时，国外名著读的相对较少，印象最深的是那本《悲惨世界》，除此之外也翻看了《钢铁是怎样炼成的》。

上了大学，我陆陆续续也读了一些名著，过了这么多年，真的忘记了好多。印象较深的是一位老师推荐的一本关于职业生涯规划的书。想想大学这几年，自己沉淀的确实不够，读的书还是太少，当时想着毕业后直接参加工作，所以更多的时候在做着兼职，没有好好利用图书馆的资源，有些许遗憾。

　　直到后来考上了教师岗位，才重新开始拿起了书本学习，开始看得最多的就是课标和教参了，当时当班主任，每天想着怎样能让学生的成绩更好，班级里的学生怎样才能转变，每一天所有的心思都在班级的这群孩子身上，感觉自己根本没有时间多读书。直到怀孕后期，不再继续当班主任了，才感觉自己真正放松了一些，才有时间看了一些关于教育的书。其中一本是《班主任专业成长的八堂必修课》，让我对班主任工作有了更多的认识，有一段是这样写的："情感性仅仅是教师爱的表象特征，理智性（尊重）和超越性（宽容）才是教师爱的本质特征。班主任的专业态度表现为：教育固然需要浪漫的理想主义精神，但更需要冷静的现实主义态度。不主张教育万能论，也不附和教育无能论，对于那些能够改变的事情（如学生成绩、习惯、认识、观念等）不抛弃不放弃，无论遇到多少困难和障碍都不改初衷；对于那些不能改变的事情（气质类型、家庭背景以及学生与生俱来的某些缺点），以宽广的胸怀接纳和包容，并以一种透彻的理性划分这二者之间的不同，以一种理性的激情来面对工作中的问题和挑战。"这段话让我意识到了自己的工作方向有一些偏差，我应该摆正一个老师的位置，而不是把自己变成学生的"父母"，虽然每一个方面都想让他们有所改变，有所进步，但是不能忽略现实。对于个别"问题反复"的学生，我应该多接纳包容他们，而不是总想着让他们改变。如今，能更理智看待班主任这份工作，知道自己到底该做什么，不该做什么；能做什么，不能做什么，这样才会有更大的进步。改变能改变的，接纳不能改变的，相信自己凭借自己的努力与热情，一定会带着学生踏上一个新的高峰。这本书里还有这样一段话："在实际工作中，当我们的老师感觉他累了，感觉力不从心了，感觉工作不能够得心应手了，甚至出现了职业倦怠。那么，这个老师绝对是应该静下心来去学习和充电了。"是啊，当时的我确实该好好充电了！于是在闲暇的时候，也拿来苏霍姆林斯基的《给教师的建议》看了看，我想现在我应该再好好地看看这些书。

之后，有了自己的孩子，我深知家庭教育的重要性，也因此，我不断地学习育儿知识。在最开始读了郑玉巧的《郑玉巧育儿经》，又读了威廉·西尔斯的《西尔斯亲密育儿百科》。孩子几个月的时候，还给孩子读了一阵儿《论语》。甚至我还挤出时间背下了《学而篇》。孩子慢慢大点儿，各种绘本小故事，每天晚上我都要给孩子读。为了让孩子顺利断奶，不哭不闹，我还特意买了《睡眠圣经》这本书，然而并不是每一本书的建议都是可取的。相比之下，《西尔斯亲密育儿百科》里的建议更能让人接受。与此同时，我还读了《你的N岁孩子》系列丛书，还有《小儿推拿专家》，这本书虽然看得不多，但是当孩子发热时确实有很好的方法可以有助于孩子缓解降温。还有一本《儿科医生说：当我的孩子生病时》，这本书特别推荐给新手妈妈们，这位儿科医生讲述了幼儿的一些常见病症，作为父母，了解一些实在是太有必要了。尹建莉的《好妈妈胜过好老师》一书，相信读过的妈妈必然意识到了家庭教育的重要性，而作为一个好妈妈，了解孩子常见病症我觉得亦是很有必要的，若是父母足够细心，对于一些常见病症是可以判断出来轻重的，这样也避免了孩子遭一些没有必要的罪。孩子一点点长大，我每天坚持给他读书。这个过程不仅孩子体会到了读书的乐趣，我也感受着故事里所传递出来的美好感情。《爱心树》让我看到了伟大父母的影子；《我是霸王龙》《你真好》等催人泪下的故事，展现了以德报怨和真挚的友情。与此同时我还头了一套《西游记》绘本，在给孩子读的过程中，自己也重温了一遍《西游记》。孩子慢慢长大，我在努力培养其阅读习惯的同时，也开始研究如何更好地培养孩子的数感，因此我又买了《如何培养学生的数感》《幼儿数学与科学教育》，希望通过这些书籍的学习，能更好地让孩子过渡到数学学科的学习当中。这中间我还读了一本《好妈妈不打不骂培养男孩300个细节》，这本书虽然是家庭教育的书籍，但是换位思考到学生的角度也是很有意义的，不管是学生，还是自己的孩子，他们都是孩子，没有孩子希望自己挨打挨骂的，特别是后进生，我觉得这本书对于后进生及特殊学生的教育是有很多可取的建议的。这些书籍为我教育孩子提供了很大帮助。

由于疫情，今年更多的时间都是在家里，没有外在的固定的作息束缚，就暴露了自己的惰性，因此我又买了些励志类的书，如《梦想还是要有的，万一实现了呢》，以及《从拖延到自律：超级自控力训练计划》等来激励自己。我也努力让自己养成坚持读书的好习惯，这样不仅为自己的孩子做榜样，更做了学生们的榜样。所谓"学高为师，身正为范"，因此，我必须努力。其实，当静下心来读书的时候，真的是一种享受。思维沉浸在文字的汪洋中，那种感觉真的妙不可言！

总觉得自己没有读太多的书，但不经意之间我发现，书在我的生活中早已扮演了一个重要的角色。迷茫的时候，书给我指引了方向。痛苦的时候，书给了我前进的力量。作为一名教师，教育方面的书籍，我还要努力再多读一些，像《给教师的建议》《教学勇气》《第56号教室的奇迹》等，有的书真的需要反复阅读，结合实践，才更能体会其中的奥妙。与此同时，我也在计划多读一些儿童心理学方面的书籍，像《儿童行为心理学》《规矩的背后是自由》，我认为，作为教师，只有对学生的行为有更多的理解与尊重，才能真正成为学生的良师益友。

阅读丰富人生，书香润泽心灵。很幸运能够加入修能读书会，能与名师一起学习。在今后的日子里，我会勤勉不辍，坚持阅读，为与学生过一种幸福完整的教育生活而努力。

影响我的几本书

黑龙江省哈尔滨市阿城区回民小学校　陈磊

一个人的阅读史就是他的精神发育史。我有记忆时，父母刚刚从齐齐哈尔下面的一个小山村里携手走出来。当时，我们家租住在女校胡同西侧，离第四百货商店和黑加仑厂很近。一个火炕，还有母亲的嫁妆——一套绿色的组合家具、一台缝纫机，把一间不到十平方米的小屋子挤得满满的。每天傍晚，父亲下班回到家里，总是拿起书坐在家中唯一的凳子上，聚精会神地看着。绿色的书皮，父亲绿色的军装裤子，厨房里母亲炒菜刺啦的声音，还有扑鼻的饭香……全情投入的父亲是我读书的启蒙老师。

一、启蒙的书籍——《神雕侠侣》

据母亲回忆，我刚会说话时，就自己坐在炕上，拿着书一动不动地看着。她和父亲走近时，发现我把书拿倒了。书虽然是拿倒了，可是没有妨碍，我看得可认真了。这套绿色的书就是金庸的《神雕侠侣》。现在这套书依然摆在父亲的书架上，纸张泛黄却平整干净。后来我在孔夫子旧书网上找了许久也没找到这套绿色版本的《神雕侠侣》，窃以为这套书是盗版的。但是，我们全家人依然珍视它。

二、最好的童话——《格林童话》

小学时代我最好的朋友，我永远记得她的名字——王洋。我特别喜欢和她在一起。在我家租住十平方米小屋的时候，她家已经住上了宽敞的楼房。她有属于自己的房间，还有一个漂亮的书架。她的父亲总给她买书看。每天放学后，我都跟着她到她家去玩儿，一进门就直奔书架上的一套《格林童话》。我抓住仅有的一点儿时间，一遍一遍地翻看。捧着书，坐在她床边的那种快乐，我至今还记得。提到童话，大家往往都称赞《安徒生童话》，可是直到今天我都觉得《格林童话》最让我喜欢。

三、思维的探索——《十万个为什么》

我十岁那年，在阿城勤勤恳恳奋斗了十年的夫妻终于有了自己的房子，我家也住上了楼房。乔迁喜宴上，一位姓唐的叔叔送了我一套《十万个为什么》。我个人的真正阅读就是从这套书开始的。这套书倒背如流后，随着生活条件的改善，母亲又去给我买了另外一个系列的《十万个为什么》。此后经年，对于未知事物我都保持着高度的探索欲。家中先生遇到不明白的问题来问我，大多都能得到解答。他曾经感慨地问："你怎么什么都知道？"我巧笑着回答："因为我读过《十万个为什么》呀！"说是笑谈，也确是真相。

在一堂小学作文课上，班主任丛丽霞老师问我们的理想是什么。有的同学说长大后想当警察抓坏人很威风；有的同学说想当科学家，虽然我们都不知道科学家是什么；有的同学想当老师……同学们回答的时候，我也在思考：我的理想是当一名宇航员，冲出银河系在太空旅行。这个理想的形成就源自《十万个为什么》。但是由于我的答案跟大家实在是太不一样了，所以在我站起来回答的时候我对丛老师说："长大后，我也要像您一样，当一位老师"丛老师欣慰的笑容隔着近三十年的时光我还能看见。一语成谶，长大后，我果真就成了"你"。这是多么奇妙的缘分啊。

四、浪漫的语言——《无怨的青春》

上中学后，因为阅读能力的提高，我的阅读范围也渐渐宽了。我和一位叫赵月的同学因为品味一致成了书友。每天中午，我俩都利用午休的时间，从第三中学出发，徒步走到第七中学北面胡同口的书屋去租书。当时的价格是五块钱一个月随便看。我们俩每人从午饭钱中省出两块五，凑出五块钱合租。为了对得起这"天价"的租书钱，我们抓住碎片时间，大量地看书，我的阅读速度就是在那段时间训练出来的。

在那个多愁善感的年纪里，浪漫多情的席慕蓉走进了我的视野，那些与爱情、时光、生命相关的诗句惊艳了少年的我。我把那些诗句工工整整地抄写在本子上，一遍一遍地痴迷地品味着诗句中的每一个字。一边感伤《无怨的青春》，一边赞叹一个人的语言怎么能美成那个样子呢？

后来，我再翻看初中时期的日记，那些敏感、哀伤、多情的文字可能就是受了席慕蓉的影响吧。

五、人性的世界——《受戒》

有大概四五年的时间，我对那些关于青春和生命的散文和诗歌都情有独钟。上高中后，在语文书的拓展阅读中，我读到了汪曾祺的短篇小说《受戒》。庵赵庄一路的美景，芦花荡、青浮萍、青桩鸟，划着小船的英子，还有那个懵懂纯真的小和尚明海……一块自由自在的土地，好像是世外桃源却饱含烟火气。吃肉娶媳妇的和尚在这个属于梦的故事里，也那么的恰到好处，颇有陶渊明"黄发垂髫并怡然自乐"的味道。那时候我才知道，小说可以写得像诗歌一样美，故事也不是要激烈冲突刀刀见血。

六、临别的礼物——《呼啸山庄》

高二的时候，我的同桌赵鹏超穿上军装，到绿色的军营保家卫国。知道我喜欢读书，临行前送了我一本艾米莉·勃朗特的《呼啸山庄》。

与世隔绝的荒原，扭曲的树木……呼啸山庄里的每一个人和山庄里的自然景物都有着同样的特质。面对巨大的压力树会弯曲，人心也会扭曲。小说运用象征手法，通过自然环境来写人性，精彩极了，也为我打开了外国文学阅读的大门。

七、读不完的书——《追忆似水年华》

过去的35年中，如果要说最难读的书那就是《追忆似水年华》。哈师大图书馆三楼的文学阅览室里我第一次见到这书。我没有用"本"来形容它，因为它实在不是一本。一排"大砖头"排在书架的最上一格，怎一个壮观了得。

初初读来，我便觉得作者像一个神经错乱的"精神病人"。两页纸，我反复读了好多遍，找不到脉络，不知所云。一个月后借阅的期限到了，我还是只看了两页。扛着书还了回去。过了大约有半年的时间，我在图书馆又与它相遇。再试试，又借了出来，到期又还了回去，还是只读了两页。可能是由于童年时喜爱读故事的原因，我总觉得一本小说应该讲的是一个故事，可是《追忆似水年华》哪里是故事呢？那是一个作家的意识。意识这种东西哪里有规律可循呢？

后来，我不再追求记住故事情节这种读书方法了，就这样信马由缰地读下去，记不住就记不住吧，偶尔读到某些地方，我还会流泪。这哪里是小说啊，这是我潜藏的回忆呀。

在写这一部分时，我原本起的小标题是：阅读的天花板——《追忆似水年华》。基于面子的原因，我原本打算写我读完了这部书。可是写着写着，我觉得这样一部书十四年来我还没有读完，这是事实。读书跟面子又有什么关系呢？

有一天，我问我高中的语文老师刘昆。我说："老师你给我推荐一些书读吧。"刘老师说："就读你喜欢的书，什么都行。"后面的十四年，我每每想起每每感恩。我的老师是那样的豁达和包容，他把读书与热爱一起放进了我的内心。"读书破万卷，下笔如有神。""书中自有黄金屋"……我庆幸我读书不是因为这些，只是喜欢而已。

八、幸福完整的生活——《新教育》

我非孔雀，却作振翅飞一回。躁动的春木，心旌摇荡，第一次踏入回小时的情景历历在目。萧瑟的秋季，接到滚烫的录取通知书。回小接纳了我，给了我舞台。垂泪嗟叹之时，回小亲人给予诸多抚恩。立于人生十字路口徘徊逡巡之际，李校长带来《新教育》为我解惑。何其幸运！每当面对漫步回民小学校园的新"我"时，心头异样起来，且不能自已，领导和同事的瞩望，让我不敢狂言"长风破浪会有时"，只能每逢夜半，见缝插针、醉于书海丰盈自己。

《中国教育报》《中国教师报》《阳光的味道》《做最好的教师》……日进月至，我把前人的教育智慧复印下来，用剪刀肢解得体无完肤，然后粘贴在一起。有时剪得收获颇丰又未及时归类，满地碎屑，遭家中先生责难。但作为教者的快乐，却盈于内心。

年初，邮来《多元智能新视野》《爱弥儿》《人的教育》《不跪着教书》《育人三部曲》……后经教育局张老师推荐又购入了《教育的未来》《教育的目的》《教育的情调》《未来学校》《教学机智》。教育的历史星光灿烂，我愿借得一缕清辉，然后或藏拙或献拙，哪怕是微茫的熹微晨光。

枕着书香成长

黑龙江省哈尔滨市阿城区回民小学校　单春影

　　"我总是想象天堂将如图书馆一般。"——博尔赫斯。第一次看到这句话是在黑龙江大学的图书馆，那时我还是一名中学生，但已经深深地喜欢上了这句话，原来喜欢读书还可以这么表达，从那以后，我更喜欢读书了。

　　从古至今，中国人一直很重视读书。那么我们为什么要读书呢？苏轼说过"粗缯大布裹生涯，腹有诗书气自华"；张载的座右铭是"为天地立心，为生民立命，为往圣继绝学，为万世开太平"；周恩来总理少年时曾说过"为中华之崛起而读书"。而对当时年少的我来说，只是单纯地喜欢读书，是一种不自知的书缘吧。

　　我和读书的缘分，应起源于我和书信的缘分。被称为"小黑人"的我是在农村姥姥家长大的，那时妈妈经常和姥姥通信，我知道了信里有妈妈。每一次妈妈寄来书信，我都会捧着它在角落里"看"个够，其实很多时候那一封封信是被我倒着读完的，就像杨绛先生的"圆圆"一样。读完信后便把它放在贴身的衣袋里，晚上睡觉时会再拿出来读一遍，然后放在枕边，这样就会距离妈妈更近些。

慢慢长大，到了上幼儿园的年纪，我的幼儿园老师谭秀芳，带我翻开书页，走进读书的大门。她既是我的启蒙老师，又是姥姥最小的堂妹，乖巧的我是谭老师的得意门生，也是小姨姥姥最宠爱的晚辈，自然我就有很多读书机会了。在幼儿园我和其他宝贝一样亲切地称呼她谭老师，谭老师不仅能歌善舞，而且肚子里面有好多的故事。谭老师常常拿着故事书告诉我们这些故事都来自这一本本书中。在谭老师的故事书里，我认识了大闹天宫，压在五指山下的孙悟空；我知道了不能任性、淘气、懒惰、说谎……否则鼻子便会变长；我还了解了心灵手巧女娲娘娘造出了形形色色的人儿……

就这样我开始喜欢上读书。身处在 20 世纪 90 年代教育资源匮乏的农村，我们那批孩子的读物主要来源于我们的语文教材。每当新学期一开学，我最盼着老师发语文书，放学后，我的书包里只背我最偏爱的语文书。我回家吃完晚饭后，既不看动画片，也不跳皮筋，而是把我心心念念的语文书拿出来开始一页一页地读起来。读书的时间就如同假期一样过得很快，姥姥总是一次又一次地催我睡觉，我一次又一次央求姥姥"再看十分钟"，姥姥拗不过我，但更多的是宠爱，直到我躺在炕上搂着书睡着，她才会去熄灯。每次熄灯前，她都会把我的语文书从我的手里拿下来放在我的枕边，枕边有本书睡觉都会很踏实很香，感觉就连做梦都会笑着醒来。

语文书，对我来说，基本上就够一个星期的阅读，剩下的就开始了我寻寻觅觅的日子了。我把阅读的目标锁在了太姥爷的那些《党的生活》《半月谈》和《明鉴》上，后来被太姥爷发现我偷看了他的书，他板着脸说："看书是好事，但一个学生看大人的书可能用不到，还浪费时间。"紧接着他从柜子里把一本厚厚的书递给我，我一看是《周恩来传》，五百多页。正是因为看了这本书，才真正理解了《十里长街送总理》那篇课文，才真正明白了周总理为什么是我们最敬爱的人，也才真正地感受到他那令人振奋的"为中华之崛起而读书"……一本《周恩来传》让我重新审视了读书的意义。后来上了初中，太姥爷又把一套他看完的《中国现代科技名人故事》推荐给我，距今差不多快 20 年了，我依然记得那套书里有钱学森、詹天佑、邓稼先、茅以升、华罗庚和林巧稚等，这些名人传记故事为我日后写作文提供了很大的帮助。其实，很多书是没有白读的，对我都有或多或少的帮助，我正是因为读过《半月谈》和《党的生活》这类书，初中时的政治小论文写得如鱼得水，每次都是班级里的高分。《汤姆叔叔的小屋》是我自己拥有的第一本书。看见它的书皮我便一见钟情，如获至宝的我把它高高举过头顶，在我的字典里没有什么比书更神圣了！还记得因为小伙伴把书当作椅垫，脾气超好的我竟然发怒了！随着年级的增高，学业越来越重，读书的时间越来越少了。这个时候陪伴我的便是《读者》《意林》《青年文摘》，这里的文章短小精悍，语言优美而富有哲理。《永失我爱——给我永远的臭臭》是我印象特别深的一篇文章，这是一位痛失爱子的妈妈记录了她和儿子臭臭生活的点滴。读这篇文章的时候我和文中的妈妈一起哭、一起痛、一起紧绷心弦。那晚在不知不觉中我的枕边书湿透了，这也是我唯一一次对书的不尊重。再后来我升入了高中，每日与习题为伴为伍，读书就像是疫情期间每几日仅有的那一次出门，是奢侈，是渴望，更是幸福。我依然幸福着，晨曦初照大地，朝霞铺满天空，我还会体会到岳飞的"壮志饥餐胡虏肉，笑谈渴饮匈奴血。待从头，收拾旧山河，朝天阙"的精忠报国之情。我依然幸福着，繁星取代落日，皓月坠入星空之时，我还会感受着李太白的"清水出芙蓉，天然去雕饰"的自然天成。

大学时代，是我阅读极大丰富的时期，因为有一个大堂般的图书馆，拿着学生证就可以借到很多书，每次从图书馆借完书，我的枕边都会留一本书，这样不仅提醒自己睡前看书，也不必去书架现拿书看。睡前读那几页书，总是在争分夺秒中度过，经常读到关键时刻遇到十点半熄灯的卡点，不甘心的我只好把书合上放在枕边，有时自己想象着书中故事情节的下一步发展，经常想着想着就睡着了。大学时代，是我阅读极大丰富的时期，还因为有导师的引领。谢谢他们一路的陪伴！郭力教授——中国女性文学研究的第一位女博士，中国现代当代文学硕士生导师，很荣幸能成为她现当代课堂上的学生。从《呐喊》中，我明白了鲁迅的孤独，实质是罕有的清醒。是那个时代，在四面树敌后的绝地，以一人之笔，对数众之敌的无惧，是为国为民前途命运的大义。是自嘲过"躲进小楼成一统，管他春夏与秋冬"后，"横眉冷对千夫指""却向刀丛觅小诗"的凛然正气。从《边城》中，我看到了湘西风光自然秀丽、民风淳朴，人们之间无等级、无功利，有的是真诚相待，有的是相互友爱。《边城》还寄托了沈从文"美"与"爱"的美学理想。从《平凡的世界》中，我知道人生就是永无休止地奋斗，只有认定了目标，在奋斗中感到自己的努力没有虚掷，这样的生活才是充实的，精神也会永远年轻。其实，这么多的枕边书，让我喜欢的不仅仅是书的本身，还有一份读书的情怀！

2013 年，我顺利考入延寿县中和中心学校，成为一名光荣的人民教师。在这里，我很幸运地遇见了杜世才校长，在我看来，他是一位重视师生读书，重视教师发展的有远见的校长。他时刻盯着教育信息，积极参加各种有助于"成长"的活动，他出资让我们买书读书。虽然几经周折，但是那时买的《学记》《致青年教师》《核心素养导向的课堂教学》……至今还放在我的枕边，每每拿起来读几页，又是另一种复杂感受。

一直以来，我都认为自己是一个幸运儿。2019 年 3 月，我来到了阿城区回民小学校。这里又是一个重视读书，热爱阅读的天堂。在这里，我遇到了慧眼识珠的李校长，我遇到了知人善任的马校长，很快我便加入了学校的"悦陶书社"。在"悦陶书社"社长王丛主任的带领下，我又读了好多书。"如果命运是一条孤独的河流，谁会是你的灵魂摆渡人？"答案是我自己——《摆渡人》。我们都应该过一种幸福完整的教育生活——《新教育》。透射着教师思想的光芒，为青年教师指引光明——《致青年教师》……而如今我又十分幸运地加入我仰慕已久的"阿城修能读书会"，希望在这里每日与书为伴，遇见一个更优秀的自己！

希望你在无助时，阅读依然能为你雪中送炭；希望你在困境中，阅读依然能让你有一份"归去，也无风雨也无晴"的豁达；希望在快节奏的生活中，阅读能让你停下脚步等等你的灵魂！

希望在每一个安静而漫长的夜晚，我们都可以脱掉白天那件喧嚣而浮躁的大衣，让阅读来涤荡我们的灵魂。今夜，春风沉醉，皓月当空，愿你，躺在床上随手就能拿到一本书；愿你，守得住自己的阅读天堂；更愿你，三更有梦书当枕！

阅读是一辈子的事

黑龙江省哈尔滨市阿城区建设小学　李恒

说起我的阅读史，是从小学开始的。我那时身体不好，总是生病，为了消解无聊的点滴时光，病榻之上便总是有一本《三国演义》，也可以说这就是我的启蒙读物了。当时最崇拜的莫过于银枪白袍的常山赵子龙，长坂坡七进七出，截江夺阿斗等故事情节让我看得直呼过瘾。从那时起，我便对中国古代文学作品产生了极浓厚的兴趣，有时说话还会学着"之乎者也"，这也为我大学学习汉语言文学专业打下了坚实基础。

后来到了初中，学习了古代汉语，更是一发不可收拾，就连背诵都是全班最快背完的。但那时我还没有形成良好的读书习惯，就是很随性地翻翻看看，直到后来到了高中，学习了哲学知识，自己的三观逐步形成。便开始喜欢了屈原、庄子、贾谊，喜欢了李白、苏轼、稼轩，纵情徜徉在文学的海洋，同时又不乏对于人生哲理的探索。

正所谓"行到水穷处，坐看云起时"。哲学总能给人以启迪。

孔子的"仁"与孟子的"浩然之气"铸就了中国人的魂，是子路

"君子死，冠不免"的凛然，是五柳先生"不为五斗米折腰"的傲骨，是王守仁"知行合一"的体悟。

老子的"道"与庄子的"逍遥"练就了中国人的魄，是"福祸相依"的通透，是"相忘于江湖"的洒脱，是青莲居士"对影成三人"的浪漫，是东坡先生"一蓑烟雨任平生"的豪迈。

儒家重克己，道家重自然，佛家重守心。儒家教会我们人世一遭的责任，道家教会我们江湖一见的从容，佛家教会我们红尘一瞥的因果。哲学会让我们变得知者不惑，仁者不忧，勇者不惧，能够怀逍遥心，走慈悲路，豁达潇洒。

再后来，对于人生又有了一些新的感悟，觉得既然能读万卷书，就也要行万里路。年少时读万卷书，文史哲无一不精，也曾一斗诗百篇，也曾高谈惊四筵。然而，未曾见过云霞明灭与高山低谷。古人云："世之奇伟、瑰怪，非常之观，常在于险远。"故而每个假期都会旅行。北上南下，风尘仆仆，只为寻求书中的感动和心中的平和。正所谓：树叶一生的精彩，不在于归根之时，而在于随风飘扬的过程。心里装得下远方，才能从容面对生活的苟且与一地鸡毛。年少时的愿望，就是要竭力去实现，方不负青春。

经历的多了，见得多了，便深感万般皆命，造化弄人，方知"我命由我不由天"是何等艰难。见不得人间疾苦，那便放浪形骸之外吧。我觉得旅行是一个过程，是身体上的游玩与娱乐，是精神上的流浪与放逐。我如期归来，正是旅行的意义。

后来我大学快毕业时，又喜欢上了本地的话剧，对于黑龙江的话剧又有所涉猎。学习并了解了现代主义与表现主义的创作手法。这里我就不得不分享一下《风刮卜奎》与《恐龙涅槃》这两部对我文学认知影响极深的黑龙江话剧。

《风刮卜奎》这部话剧以卜奎城为主体环境，以卜奎城百年的历史为背景，以德平和宁汝成的生活经历为线索，给我们讲述了一个兼具历史性与传奇性的故事。这部剧的作者张明媛本来是哈尔滨人，但是工作与生活却都在齐齐哈尔，与其他外乡人不同，她对于齐齐哈尔有着强烈的认同感与归属感，她把齐齐哈尔作为她的第二故乡，我想这也是她创作《风刮卜奎》这部话剧的直接原因吧。

张明媛在《风刮卜奎》中塑造了高贵大气的富家小姐德平与懦弱顺从的"流人"之后宁汝成两个鲜明对比的人物形象，通过表现主义的手法将百年卜奎城的历史与生活在其中的人们的故事向我们娓娓道来。作品中表现出来的人物之间的冲突很多，加上对于卜奎城恶劣气候的描写，将人物命运与城市命运联系在一起，突出了卜奎人乐观豁达、坚韧不屈、大气顽强的性格。在这部话剧中，人物的内心独白很多，很好地表现出了每个人物的内心世界，从而引出对于现实的感想或是对内心灵魂的质问，这便是作者很好地运用了表现主义的创作方法。

在《风刮卜奎》中更能体现表现主义的创作方法的是人物的"符号化"。作品中的女主角德平便是卜奎人性格特征的代表。她能够卖掉自己的金银首饰来接济穷苦百姓，体现了她热心善良的一面；而"她是卜奎城第一个使用西药的人"则表现出她对外来文化的接纳态度；在抗战时期，她能够不计前嫌，帮助曾经侮辱过自己的土匪抗日，体现出了她大气、拥有民族大义的一面。可以说，她已经成为话剧中卜奎城的象征符号，象征着卜奎城历经百年风雨仍旧坚韧不拔的精神，同时也象征着卜奎城人民热情勇敢的可贵品格。

对于环境的描写也是《风刮卜奎》成功的一方面。话剧中的环境描写有些是运用现实主义，有些则是运用表现主义，通过将这两者完美地结合表现出了作品的象征意味。比如："由不同的古老建筑的老照片拼接而成的底幕和四条边道，以此象征已经被人遗忘的历史；一座经历百年风雨侵袭的、高大的门楼，象征着德平'母亲'这一角色。"正是因为张明媛对于创作方法的熟练运用，才使得《风刮卜奎》成为了黑龙江话剧中表现主义与现实主义相结合的代表作。

《恐龙涅槃》是由邵宏大运用现代主义创作方法所创作的话剧，剧中塑造了许多不同的形象，这些形象个性突出，观点鲜明，如"先哲甲乙""鸭嘴龙"等。作者通过这些形象之嘴说出了自己的思想，具有明显的现代主义特征。在这部话剧中，代表西方哲学的先哲甲乙与代表东方哲学的老子和庄子的对话，很好地体现了作者的思辨思维，为这部话剧增添了许多的哲学韵味。此话剧创造了"火"这一意象，作品由"一场大火"开始，也由"一场大火"结束，而"火"既代表着毁灭一切的力量，又象征着浴火后的重生，暗合了话剧"涅槃"这一主题。剧中"恐龙"这一意象，我个人理解为代表着全人类，话剧第一幕便说"我们都是龙的传人"，在第九幕又通过鸭嘴龙之嘴说出"这些肌肉、血管都是你们的……你们会尝出自己的味道来"，这些都在暗示"恐龙是我们的祖先"。作者所说的"恐龙涅槃"也就是指我们人类经历了许许多多的苦难折磨才有了今天的发展，同时也通过"恐龙灭亡"以及"大火灾难"来警醒世人不要一味无度地向自然索取资源，否则也难逃"灭顶之灾"的厄运。如同作者在题记中所说"生命本身即具有死亡的种子"。整部话剧流露出了作者对于世界的看法与认识，很好地体现了现代主义创作方法的优势，是黑龙江现代主义话剧中的标志性作品。

近来，我爱上了鲁迅先生的作品，其中最为喜欢的尤以《故事新编》为主。《故事新编》中的主要人物和事件大都是有历史文献根据的，但是在写法上却只取"一点因由"而加以"点染"，将古人与今人纳入同一形象系列，将古代与现代的情节融为了一体，但却又不是"将古人写得更死"，而是力求将古人写活，不是"神化"或"鬼化"古人，而是将古人当作现实中的人来写。其实，书中所写到的这些圣人和贤人，也许已经不是古代的人物了，而是变成了现代的、在鲁迅眼中的人物，所以我们才会在读完小说之后感觉到其中真实的力度。作为读者，我只能说大呼过瘾，仿佛有一种穿越的感觉，相信写作时的鲁迅先生，也是用穿越一世的前尘旧梦，用一种从容的心态来感悟古今与世情，借助文字来让我们看透人间真谛吧。

工作之后，由于各种原因，阅读的频率已经大不如学生时期，当然也有一定的惰性在作怪，而今觉得阅读是一辈子的事，如果有一群志同道合的人一起阅读，相互监督，相互交流，可称为人间一大乐事，故而申请加入读书会，也是希望能够学以致用，更多地阅读一些专业方面的书籍，同时也向同仁们学习取经，让自己更快地成长，成为自己心中理想的教师。

生命因阅读而幸福

黑龙江省哈尔滨市阿城区解放小学　马雪辉

一、小学阶段

小学时，关于阅读的记忆是许许多多的连环画，我们都习惯叫小人书。对于一个土生土长的农村娃来说，能在孩童时代读小人书无疑是幸福而又奢侈的事情。爷爷、奶奶、爸爸都是乡村教师，印象中他们每周都会去乡教育办借阅书籍，书籍包括小人书和上中下三册的大书。我小学的时候对厚厚的大书不感兴趣，对薄薄的小人书情有独钟，内容大多是《王二小》《刘胡兰》《地道战》之类的英雄故事，小小的我总会被故事里的情节所吸引，常常因为痴迷于短小的文字和形象的简笔画而忘了吃饭。五六年级的时候，读了《西游记》《水浒传》《武林外史》，记得那时候经常根据喜好选择先看哪个章节，也会很幼稚地被书中的故事情节左右心情。那时的我，畅游在古代的世界里，不能自拔。经常拿个床单披在身上当侠客的斗篷，捡个树枝当宝剑，给妹妹们梳头发弄成古装扮相，还会编排个英雄救美的小短剧。当然，每一次我扮演的都是武功高强的英雄或者神仙，妹妹们扮演的都是武功低下的凡人或者妖魔鬼怪，现在想想特别幼稚可笑。

小人书伴我度过了美好的童年时光，也帮我开启了阅读的大门。也正是这样的阅读经历，在我幼小的心灵埋下一粒阅读的种子，那时的我就觉得书籍真是个好东西，走进一本书就能知道一个故事，懂得一个道理，最重要的是了解大千世界的神奇。这些有着历史的小人书，让我学会了待人接物的方法和道理，丰富了我的童年生活。

二、初中阶段

初中时的我，读了《红楼梦》和《三国演义》，也会跟爸爸、爷爷抢着读金庸先生的《射雕英雄传》《雪山飞狐》《天龙八部》，读古龙先生的《绝代双骄》《小李飞刀》。那时候我经常幻想侠骨柔肠，刀光剑影，希望自己是一名行侠仗义的剑客，惩恶扬善走天下。印象最深的是暑假的一天，我正在如醉如痴地读古龙先生的《小李飞刀》，因为天气太热口渴了，于是问妈妈："妈，暖瓶里有刀吗？"妈妈先是一愣，接着回了我一句："没有刀，有剑！"此时我才反应过来，哈哈大笑起来，妈妈也忍不住笑出了眼泪。那时的我就觉得原著比电视剧更吸引人，让人想象的空间更大。也许正是这些介乎于古文与白话文之间的文字，使我打下了学习古文的基础。

初三的时候，我拥有了自己的房间，虽然房间只有六平方米，但是除了一张床，还有衣柜、学习桌和书架。小小的独立房间成了我的"秘密城堡"，真可谓麻雀虽小，五脏俱全。书架上的书虽不算多，但是目光所及都是我喜欢的，正青春的我经常端坐在书桌前，抑或是盘腿坐在床角享受书籍带给我的快乐，那是我放飞希望和梦想的地方。

三、师范阶段

我读师范的时候，有种青春不解愁滋味，为赋新词强说愁的状态。普师一年级迷恋上了三毛，把家里给的零花钱都攒起来买三毛的作品了。从她的《撒哈拉的故事》去领略沙漠风光，通过《梦里花落知多少》《雨季不再来》感受从青涩到成熟的过程。三毛浪漫的爱情、诗意的语言，不知赚取了我多少多愁善感的眼泪。记得那时候班级号召订阅杂志，于是我连续订阅了三年的《青年文摘》，翘首企盼每一期的到来，对喜欢的内容会翻阅好几遍，然后和其他同学交换《读者》之类的励志书籍。普师二年级忘了受哪位同学的影响，我走上了阅读外国名著的道路。《钢铁是怎样炼成的》为我打开了世界文学名著的大门，之后又阅读了《简·爱》《红与黑》《飘》《爱的教育》《鲁滨逊漂流记》等名著。

回忆自己的师范阅读史时，我的脑海中出现了我在学校图书馆找书的画面，独自静静地坐在角落阅读的画面，现在想想是那么的美好。只是那时读书的内容很杂，有一些书籍是自己喜欢的类型，一些书籍是因为同学喜欢怀着好奇心去阅读的，还有一些书籍是觉得作为热血青年应该阅读的……因为时间太长，有些具体内容已经模糊了，但是每读一本好书，我的心灵就受到一次震撼，好像被一位高人指点了迷津。多年的阅读，使我养成做批注、写读书笔记、写随感的习惯，不但提升了自己的阅读能力，也使我在未来的工作中受益匪浅。

四、工作以后

1997年师范毕业后我成为一名乡村教师，初上讲台的那一年，因为没有教学经验而显得特别忙碌，备课、写教案、批作业、完成各项活动等工作几乎占满了我所有的时间，感觉根本没有时间和精力去读书了，我读得最多的只有教材和教参。那时候的自己觉得优秀的教师是长时间的讲台磨炼出来的，教学经验是根据时间的推移积累出来的。在一次偶然的机会，我被学校推荐去哈尔滨倾听了魏书生报告会，被魏老师风趣幽默的语言和教育智慧深深地折服。原来，优秀的教育工作者不是看工作时长，而是看工作效率的。原来，好的工作方法、育人理念是可以从成功的教育家身上学习借鉴的，它的效率是事半功倍的。于是，我去书店买来了魏书生的《班主任工作漫谈》、苏霍姆林斯基的《给教师的建议》等书籍，开始如饥似渴地阅读，希望从书上学到教育教学方法，帮助自己早日成为一名学生喜爱、家长拥护、领导信任的优秀教师。

2018 年 1 月我调入阿城区解放小学，满守东校长是极其热爱读书的领导者，在我的印象中，他是位把阅读作为自己唯一爱好的"怪人"。跟满校长相比，在阅读的领域我就像一个"文盲"，越发感觉到知识的浅薄，给自己的专业化发展带来的阻力。于是我购买了李迪老师的《做一个灵魂有香气的女教师》，希望自己能够通过阅读修炼，成为李老师那样灵魂有香气的女教师：几十年如一日地阅读、写作，不为名利，只为享受读写带来的宁静和深邃，以及我在课堂上激扬文字时，学生听得如醉如痴，抑或恍然大悟的感受；我每天锻炼身体，只为保持身心健康，以便在上班时送给学生太阳般的温暖和光亮，在下班后带给家人素月般的温馨和柔情；我努力让自己美美地活着，是为了用自己的美，引导学生感知美、了解美、热爱美、追求美……

2018 年冬季，在学校领导的指引下我第一次接触新教育。新教育理念极大地开阔了我的教育视角，让我对践行新教育有了很大的信心，于是一边阅读《新教育》书籍，一边践行新教育理念。在《新教育》这本书中，朱永新老师这样诗意地解读完美教室：一个教室，一个生活于同一个教室中的人，应该是一群有着共同理想，遵守能够实现那个共同梦想的卓越标准的人，他们彼此为对方的生命祝福，彼此为生命中偶然的相遇而珍惜珍重，彼此作出承诺，共同创造一个完美的教室，共同书写一段生命的传奇。完美教室是一个汇聚美好事物的地方，是一个呵护每个生命绽放的地方。我相信，只要心"永远朝着明亮那方"，坚持不懈，主动谋划、调整、经营班集体，我们都会拥有一间属于自己的完美教室！到那时，一间间小小的教室，成就一个个大大的梦想！朱永新老师说："共读一本书，就是创造并拥有共同的语言与密码。如果没有共读、共写、共同生活，教师与学生、父母与孩子、学生与学生，就可能是同一个屋檐下的陌生人。"依托新教育理论，我在班级倡导亲子共读、班级共读、师生共读，通过"幽兰社读书群"实现了师生间、亲子间、同学间乃至教师和家长间真正的交流。2019年暑假，我和孩子们、家长们共读了海伦·凯勒的《假如给我三天光明》和佐野洋子的《活了100万次的猫》。通过阅读《假如给我三天光明》，孩子们能够体会到海伦·凯勒虽然童年不幸失明，但生命的坚韧让他克服重重困难，成为一名值得敬佩的伟大的作家。而《活了100万次的猫》又让孩子们感受到了努力后会有的无限可能，还有生命蕴藏的无穷力量。

《新教育》强调：生命应"保持一种思与诗的状态"，本质上是一种"内在精神的叙事"。新教育的视角打开了孩子们的视野天窗，与书为友，让他们发现了身边更多的美好。我希望在新教育的引领下，书写教育生命的传奇，和孩子们一起畅想诗和远方……

2020年3月，"延期开学，线上开课"期间，我阅读了沈丽新老师的《让学生看见你的爱》，这本书让我对教育的本质有了更深入地了解，特别是在面对疫情时期的线上教学，我可以一边阅读一边把学习到的育人方法用到班级孩子身上，这对学生的线上评价起到了很大的引领作用。通过阅读这本书，我知道了如何走进学生内心世界，如何运用心理学原理引导学生主动学习，如何帮助学生和家长缓和亲子关系……这真是值得我阅读的，能够促进我的专业化发展的良师益友。

2020年7月，我有幸加入了"阿城区中小学教师新教育读书会"，在张阿龙会长的引领下，阅读开阔了我的人文视野，照亮了我专业成长的前行之旅，点燃了我寻找教育幸福的心灵火炬，同时也激起了我对读书的热望。

而今再读苏霍姆林斯基在他《给教师的建议》中"读书，读书，再读书——教师的教育素养取决于此。要把读书当作第一精神需要，当作饥饿者的食物。要有读书的兴趣，要喜欢博览群书，要能在书本面前静坐下来，深入地思考。"这段话，相比较刚毕业时为了单纯找教学方法而现学现用的粗浅目的有了更深层次的理解：勤奋地读书学习是教师专业成长的必由之路，一个热爱读书的人必然会涵养出一种超越常人的独特的文化气质和儒雅风度。

我始终坚信：生命因阅读而幸福，教育因执着而精彩！在今后的教育生涯中，我决心把读书坚持下去，努力做一个让学生信服的、优雅的、专业的教师。然后跟孩子们一起，走好每一段幸福的教育之路。

与书为伴　砥砺前行

黑龙江省哈尔滨市阿城区实验小学　柳叶娜

"读书可以减轻压力，平静内心；读书可以增加知识，开阔视野；读书可以提高记忆力，锻炼大脑……"关于读书的好处、益处、妙处，我们可以找到不只是一点点，不言而喻，然而我对阅读的理解也只能是在长大成人后方可以拿来品味一番。

出生在一个偏僻农家的我，从小生活在一个质朴、简单的家庭里，父母都是地地道道、老实巴交的农民，没有什么文化水平，更没有受过什么高等教育，能把孩子们养大，吃穿不愁已经是他们最大的奢求了。正是在这样的条件下，对于我们这些农村小朋友来说，除了课本，实在不会有什么课外读物了，好在上小学时期，我的学习成绩一直比较优异，深得老师和同学的喜爱，酷爱读书的我，会把课本上的内容，一遍又一遍地翻看朗读，渐渐地，我成了同学们仰慕的对象，每到下课间，大家就会围在我的小小课桌前，听我给他们读书，也许是我的热情感染到了大家，每当这时，教室里总是静静的，只听见我的读书声。当我被老师发现并认可后，老师把我安排成了班级里的领读员，我有了固定的时间、固定的内容，可以专门读书啦！

不知道是什么时候，也不知道从哪个同学那里传来了小人书，书籍不大，里面却画满了有趣的故事，还会配文字讲解，我开始为这些小书着迷。有时，一遍又一遍地翻看；有时，把里面的内容加上自己的想象，编成更加有趣的故事，讲给小伙伴们听，这样的快乐似乎还在眼前。

再大一些的时候，我们可以阅读的书似乎就多了起来，《格林童话》《安徒生童话》《一千零一夜》《小王子》等故事书就成了我们最喜爱的伙伴，也许这样的一些书籍在现在看来，仅仅是幼儿班的小朋友才拿来阅读的，但对于八九十年代的我们来说，这样的书籍已经是不错的啦！现在回想起来，丑小鸭历经千辛万苦、重重磨难之后变成了白天鹅，不正是因为它心中有着美丽的梦想吗？这正像我们每一个在教育路上执着前行的教育者们，拥有执着的教育梦，相信我们也可以和丑小鸭一样蜕变成美丽的白天鹅。

初中的时候，离开了小山村，去了离家几十里、不太大的小镇上学，在老师和同学的口中，我开始知道了很多书籍的名字，也知道了中国有《四大名著》，从同学那里借来的一本《红楼梦》，应该算是我阅读的开端吧！可惜，当时的阅读太过浮浅，似懂非懂，只对里面贾宝玉和林黛玉的情节感兴趣，从整本书里翻看相关情节，其他内容只粗略地过一眼。没有读懂什么真意，便草草地把它丢在了一边，后来我还阅读了《简·爱》《爱的教育》《假如给我三天光明》等外国小说，但也仅仅是囫囵吞枣，不懂其中内涵。

初中毕业后，我顺利考上师范学校，去了更大一点的小城市，在这个有高楼大厦的学校里，我第一次看到了图书室，那一排排摆放得密密匝匝、整整齐齐的书籍开始吸引了我。闲暇时，我便会和三五好友一起到图书室畅游，从科普、童话到文学、教育，虽然我还不能完全读懂，但却很喜欢那种感觉，那种像是在品味空气中的甘甜，又像是在空旷的原野慢跑的感觉。在那几年的师范学校学习生活中，我读了《家》《四世同堂》《骆驼祥子》等，但文学造诣并不深的我，也只是读了个皮毛，读懂了文字，却并没有读懂其中的内涵。《骆驼祥子》一书给我留下的印象还是比较深刻的。祥子的一生，有美丽风景、美好开端，也有不懈努力、兴奋等待。其实，生活中最需要的是希望，有了希望就有了前进的动力；有了希望，就有了可能迈向成功的基石；有了希望就有了披荆斩棘的勇气。

参加工作之后，我的生活开始改变，我的世界里不再仅有我一个人，不再是宿舍食堂一条线，不再是只做好我一个人的事就万事大吉了。我开始学习如何工作，如何做一个小学教师。每天大部分的时间，都是和学生打交道，备课、上课、作业批改、班级管理占据了我生活的全部，忙碌得焦头烂额、疲惫不堪的我，早已经将读书抛之脑后，即使偶尔有那一丝丝读书的意愿在脑中闪过，也会快速被现实的工作任务无情驱赶。每当在教学中遇到困惑时，我便会找同事倾诉、向老教师请教，而这时，老教师的一席话点醒了我。老教师告诉我，教学不只是把知识传授给学生，而是要用最简短的语言、最有效的办法让学生学懂这些知识的同时，还要理解、消化并加以运用，年轻老师要想把学生教明白，那首先就要把教学参考书吃透，只有自己全面地、深入地了解了知识结构，才可能教好学生……从那一天开始，"教参"成了我的好伙伴，看教参、查资料、做备课、写反思，在每一次认真准备、踏实授课、课后反思后，我都觉得自己又学会了很多很多。那时，学校还会通过当地邮政部门为教师们订阅《读者》《文摘》《良师》等杂志，我开始有兴趣阅读这些杂志，天南海北的小故事开阔了我的视野，师生间的小趣闻拉近了我和学生之间的距离，我开始学会做老师。

原以为自己所学能够胜任教师这份工作，可现实却让我大跌眼镜，不会管理学生，课堂乱哄哄，成绩极差，一度苦闷，一度想要逃离教师这个职业。后来慢慢将目光投向了书籍，希望它们能帮我解困。最初读了闫学所著的《跟苏霍姆林斯基学当班主任》，苏霍姆林斯基提醒教师，要使每一个孩子都能体验成功，而不是只有别人"失败"自己才能"成功"，这是构建和谐美好而又积极向上的班集体所必备的心理基础。苏霍姆林斯基不仅特别注重让每一个学生都能同时看到自己和别人身上的长处，他还认为这也是构建具有良好关系的班集体很重要的一个方面；另一方面，苏霍姆林斯基强调，这种学生之间精神财富的交流还在于互相赠予。

后来又读了一些类似的、有针对性的专业书籍，比如：钟杰所著的《一个学期打造优秀班集体》和陈宇所著的《你能做最好的班主任》等，这些书中的很多班主任班级管理和学生教育的具体做法都给了我一个方向，也给我的现实工作以帮助指导，当把书中所学到的理论与实践结合后，我收获到了班主任工作的成就感，也更深刻地理解了阅读充盈自己、实践促进成长的真谛。在我读过的众多有关班主任工作的书籍中，让我最喜爱的、印象最深刻的就是钟杰老师的《一起走向美好——意搏班的故事》。这本书记叙了"意搏班"——一个大家眼中的"烂班"，在钟杰老师接手之后，与孩子们一起为班级起名，打造班级"静文化"，指导孩子们阅读，帮助他们建篮球队，为他们制定班级愿景，关注每个孩子的成长。最终，在师生的共同努力下，当初的"烂班"成功转变为名副其实的"明星班"的故事。钟杰老师将意搏班发生的故事记录下来，形成了这本书。读了这本书后，给了我更多的启发和思考。我意识到每一个孩子都是独立的个体，他们不是不想优秀，而是没有拥有一双会发现的眼睛和会指引的双手。作为教育工作者的我们，要不断学习充电，用学到的知识解决工作中的出现的具体问题，达到学以致用、教学相长、共同成长的目的。

我是一个情商不高的小学教师，在教育教学的过程中以及与同事朋友交往的过程中，我都发现了这一点。我不愿意做一个近乎"弱智"的小傻瓜。于是，开始查找一些有关人际交往和儿童心理的书籍，先后阅读了《墨菲定律》《乌合之众》等书籍，希望自己能与周围的人融洽相处，也希望在对学生的教育上游刃有余。

　　不知不觉，已步入中年。回首一路走过的一万多个日日夜夜，与书籍同行的日子，总是最充实闪光的。那一本本或大或小，或薄或厚的书籍，就像是我的益友，与我相偎，从小到大；又像是我的良师，伴我同行，从始至终；更像是一盏盏指路明灯，为我答疑解惑，指引前进的方向。作为一名教师，及时通过书籍提高自己的学识，才能对得起教师这个称号。读过的这些书，沉淀在我的生命里，成为生命的一部分，让我的生活更加充实，工作更有方向。

　　今后，无论我是否能成长为自己所期待的卓越教师的模样，我都要与书为伴、砥砺前行！

让读书伴我一生

黑龙江省哈尔滨市阿城金源小学　马召媛

书是人类智慧的源泉，是人类进步的阶梯。读一本好书就等于交了一个好朋友，读一些好书，会让你的人生有很多收获。

曾经有一位班主任对我影响很大，她是一名语文老师。一次课上，她说她在上学时把自己喜欢的好词、好句都抄在本子上，这给了我很大的启发。我当时很喜欢诗歌，就动手把自己喜欢的诗歌、句子都抄录在喜欢的本子上，看到喜欢的句子，再随时加进去，有时间就拿出来读一读。我还写上漂亮的美术字体，再画些小花边，装饰一下，设计成自己喜欢的样子。诗歌短小精悍，篇幅小，却语言优美，词句精练，它可以丰富人的想象力，寄托感情，表达美好的愿望；它还可以培养人的情操，丰富人的精神生活。直到现在，我还保留着学生时代的摘抄本，前些天翻出来看看，真是满满的回忆，想想学生时代的自己真是诗情满怀，惬意在胸。

上大学时，由读诗爱诗转到广泛涉猎了，喜爱阅读的类型很多，小说、散文等都喜欢。那时，虽然每个月的生活费不多，但还是会节省一些订阅《新青年》《意林》《读者》等杂志。这些杂志一读就是好多年，现在家里还有许多。那时一有时间就去学校的图书馆，借书、还书、再借书，《茶花女》《钢铁是怎样炼成的》《哈姆雷特》《喜宝》《面包树上的女人》《撒哈拉的故事》《笑傲江湖》《活着》《骆驼祥子》《围城》……还有很多，记不清书名了，那时的我就热衷了解世界，了解与我们不同的文化，了解与我们相距甚远的人们的生活。不是说身体和灵魂总有一个在路上吗？我想，那时我就是这样"环游世界"的。

工作后，我读的书很多是和教育有关的。我最常看的是《新课程标准》《教师用书》等。教材在改，新课程标准要掌握，理念也要与时俱进。后来我来到金源小学，接触到一个新名词——新教育。秉承着新教育的理念，我阅读了诸如《新教育》《致教师》等书籍。

在寒假即将到来之际，阿城区教育局举办的图书漂流活动，将一本本满载教育智慧的图书带到了金源小学，在众多的书籍中，《在与众不同的教室里》这个书名瞬间吸引了我，作为班主任的我，对我和孩子们的教室充满了憧憬，我知道，这本书一定会带给我灵感。

这本书中 8 位名师用自己的执着与智慧创造出了与众不同的教室，带我们走进了与众不同的教育。他们的经历让我颇受感动，感动于他们对学生无私的奉献，感动于他们对教育无尽的激情，感动于他们对教学无限的创新，面对这样的名师，你也会不由得心底纯净起来。从他们身上，我看到了中国式的敬业、美国式的创新，在感动的同时，我也在思考，教育，对于每一个从业者来说，虽说是一项崇高的事业，但却被现实掺杂了许多"尘埃"，只有"时时勤拂拭"自己每天脚底下的那一亩三分地——教室，才能使我们的心灵、我们的教育清明干净。

决定教室的尺度的是教师。雷夫说："一间教室能给孩子们带来什么，取决于教室桌椅之外的空白处流动着什么。"相同面积的教室，有的显得很小，让人感到局促和狭隘；有的显得很大，让人觉得有无限伸展的可能。是什么东西在决定教室的尺度？是教师，尤其是小学教师。他的面貌，决定了教室的内容；他的气度，决定了教室的容量。作为教师要用自己的面貌来改变教室的内容，要用自己的气度来提升教室的容量。教育是真实的，来不得半点虚假，只有让教室成为孩子们温暖的家，教育才会变得真实！随风潜入夜，润物细无声。做老师，应该像雷夫老师一样，时刻不能忘记爱学生，学生是我们的上帝，始终是我们服务的对象，努力改变自己，用心经营好自己的教室，一定能创造属于我们教室的奇迹！

书中的老师们正是以他们对教育无法比拟的热情将小小的教室无限延伸，使得这里成为了孩子们自由舒展、健康成长的乐园。阅读后我们不难发现，这些老师们总能准确找到目标，是从不偏离跑道的人。他们对教育和学生有信徒般的坚持、父亲般的亲切，还有哲人的敏锐、专家的自信、战士的勇敢——他们拥有智慧，拥有力量，所以他们创造出了与众不同的教室。阅读中，我么也许会不由自主地感叹，原来教师可以这样当，原来教室也可以如此异彩纷呈、如此与众不同！

随着对新教育理解的深入，让我明晰了自己与理想教师的距离，我应该通过阅读不断充实完善自己。

有幸加入张阿龙老师创办的阿城区中小学教师新教育读书会，有了名师的引领，我的阅读将更加有目标、有方向。现在，我深深地体会到，读书，实在太重要了！读书是我精神生活的一道亮丽风景，读书更是为师者应有的洒脱与绰约，就让读书伴我一生吧！

阅读是最美的姿态

黑龙江省哈尔滨市阿城区和平小学校　王曼

莎士比亚曾说过："书籍是全世界的营养品，生活里没有书籍，就好像没有阳光；智慧中没有书籍，就好像鸟儿没有翅膀。"知识是人类进步的阶梯，阅读则是了解人生和获取知识的重要手段和最好途径。书让你在人生路途唱出春花秋月，落英缤纷；书让你在浩瀚海洋中尽情畅游；书点燃希望，让你在无穷无尽的人生漫漫路上永远不会迷失方向，一直像帆一样将你这只小船送到路的终极。新教育实验提出"过一种幸福完整的教育生活"，其实读书的过程就是成长，就是体验幸福的一种方式。

小学阶段，平时都是接触一些教材内容，由于小时候家里条件不是很好，家人那时也没体会到阅读的重要性，所以家里很少有课外书，唯一有两本《作文大全》，是为了让我学会写作文而买的。特别愿意看里面的作文故事，感觉是那么有趣，那么生动。后来有段时间有的同学会带一些书，彼此米翻阅，记得那段日子，我和其他几名同学下课都不愿意出去，就为了看书中的内容，看完大家来共同讨论里面的情节或人物，特别有意思。如：读《伊索寓言》，尽管有些字不认识，但往往看着看着便入了迷，还不时哈哈大笑。《皇帝的新装》《乌鸦喝水》等耳熟能详的篇目至今记忆犹新；但也有一些小故事主要讲的是受欺凌的下层平民和奴隶的斗争经验与生活教训的总结，其中《狐狸和山羊》告诫人们做好事也要看对象，以免上当受骗；《农夫和蛇》的故事劝告人们待人要因人而异，《狗和公鸡与狐狸》告诉人们要善于运用智慧，战胜敌人；在《狮子与鹿》《捕鸟人与冠雀》《两个锅》等故事里，揭露出当政权掌握在贪婪残暴的统治者手中时，贫苦的人是不可能安全生活下去的。每当读完这些故事时，都会感慨贫民的不平等地位。除了《伊索寓言》，还有《格林童话》《一千零一夜》，里面的故事让我印象深刻，并学到了一些道理，让我更加喜欢上了读书。

后来上初中，接触课外书的机会多了一些，读《钢铁是怎样炼成的》，会被主人公保尔不向命运屈服的钢铁般的意志所折服；读过《海底两万里》，感受到康塞尔对凡尔纳的忠心，在遇到困难的时候，康塞尔对凡尔纳不离不弃，无论凡尔纳怎么样，康塞尔会永远追随着他，永远对凡尔纳忠心，永远在他身边帮助他；读完《鲁滨逊漂流记》这本小说后，一个高大的形象时时浮现在我的眼前，他就是鲁滨逊。他是个机智而有坚强毅力的人，在荒无人烟的小岛上，他没吃的自己找，没穿的自己做，没住的自己盖，再寒冷的天也要用心中的一丝火苗去温暖。作者笛福说过："害怕危险的心理比危险本身要可怕一万倍。"所以要勇于斗争，勇于行动，勇于挑战，勇于追求，这样才能成就一个坚强的自我。之后也读过《杨家将》《呼啸山庄》《希腊神话》《西游记》《水浒传》等，这些书伴随着我成长，让我的一颗心沉浸在文字宁静的世界里，给心灵以慰藉和滋润，让我的一颗心在知识的海洋中渐渐丰盈、充实起来。

高中阶段，因为学校离我家比较远，我和大部分同学一样都是住校，当时我的同桌非常喜欢读书，平时她自己也写一写小说等，业余时间我们总在一起看书，回宿舍还经常讨论哪本书最有意义。记得印象比较深的是《狼图腾》，这本书就是同桌介绍给我的，当时我也是抱着好奇的心态去看，通过读这本书，我改变了对狼的一些看法，《狼图腾》是对狼的重新诠释，其中狼的智慧和英勇以及他坚毅不屈的灵魂是最让我着迷的。整本书所展现出来的狼的生活方式，狼的战斗方式，狼的思考方式……这些不仅让我感动，也让我领悟到许多人生哲理，诸如学会忍耐、坚强、团队精神等。除了《狼图腾》，还有《史记》《傲慢与偏见》《简·爱》《追风筝的人》等优秀作品，这些书中有很多耐人寻味的段落，读后让人深思。

而在大学里，除了上课时间，自己能够分配的时间还是比较多的，而且大学里有图书馆，我最愿意去的地方就是那里。图书馆有读书的氛围，来到图书馆的同学都能遵守图书馆的规章制度，每一名学生都能找到属于自己的一片小天地，安安静静地沉浸在自己读书的世界。图书馆的书非常多，总能找到自己喜欢的书的类型，同时借阅也比较方便。在这里，还能结识很多有相同兴趣爱好的朋友，所以图书馆是很多喜欢读书的人经常出入的地方。在大学期间，读过《老人与海》《小王子》《骆驼祥子》《麦田里的守望者》《围城》《红楼梦》《三国演义》《平凡的世界》《肖申克的救赎》等书籍，其中哲学童话《小王子》，语句如水一般澄清透彻，朴素又平实，它是一部使人心生安宁又带着丝丝暖意的书。书的内容很简单，字里行间都透着一股淡淡的忧伤；而且，整本书是以一个孩子的角度去写的，而小王子的心灵是纯净的，就像一杯清澈的水。静下心来，等待心中的玫瑰花绽放，让心中的那杯水一点点地恢复儿时的纯净……本书通过小王子纯净的双眼，观察成人的世界，表现出了成人的寂寞、愚蠢和墨守成规，用平实、天真的语调写出了人类的孤独与寂寞，愚妄和迷惘。如果世界上的人们，都会用心去感受爱，自然就能从本书中找到爱。而在读《平凡的世界》这本书时，感觉非常适合自己的现状，这是一本平凡的书，因为它讲述的都是最平凡的事。我相信，很多农村的孩子，都能从这本书里找到和自己似曾相识的地方。没有什么奇迹，没有什么一举成名，没有什么一夜暴富。它讲述的是最平凡的人，最平凡的事，最平凡的社会现实。它会让我们沉淀下来，认清现实，以一颗最坚韧的心，去拼搏，去奋斗，去经受挫折，去经受苦难，去面对未来。

后来参加工作，可能是职业的关系，读的书多与教育有关，从书中多学习一些好的教学方法，尤其是这两年有了自己的孩子之后，也想多了解了解如何去正确引导孩子的成长。之前读了美国教育学博士、心理学家简·尼尔森的经典之作《正面管教》。书中讲了一种既不惩罚也不骄纵管教孩子的方法，非常有用。通过阅读这本书，我体会到孩子只有在一种和善而坚定的气氛中，才能培养出自律、责任感、合作以及自己解决问题的能力，才能学会使他们受益终身的社会技能和生活技能，才能取得良好的学业成绩。作者用了非常多的案例来告诉我们如何有效地与孩子沟通，以及这样做背后深层的原因，告诉我们如何正确解读孩子的错误行为，该怎样采取最有效的应对方法。除了《正面管教》，我还读了《如何拥抱一只刺猬》这本书，更从中学习到了如何解决与孩子沟通的难题。现在的孩子真的很难沟通，因为生活环境和家庭条件的变化，有许多孩子在家里都是独生子女，从而导致有的家长对孩子的爱更加地肆无忌惮，要什么给什么，所以就造成了现在的孩子脾气大，难沟通。他们就像长满刺的小刺猬，很难相处，读完这本书，我学会了如何通过良好的沟通帮助孩子正确面对并战胜困难，支持和帮助孩子建立健康的自尊和自信。我还读过《从教之初——和学生一起幸福》《以案说理——有效教学需要什么》《给教师的建议》《中小学教师职业道德修养》《新版课程标准下的课堂教学新变化》等教育类书籍，这些书，让自己更加明确教师职责。

书是灯，读书照亮了前面的路；书是桥，读书接通了彼此的岸；书是帆，读书推动了人生的船。读书是一门人生的艺术，因为读书，人生才更精彩！只要有行动，就一定会有收获。读万卷书，行万里路，阅读是最美的姿态，我会多读书，读好书，不断丰富自己的头脑，为了自己的孩子，也为了能培养出更多别人的孩子。

一位平凡教师的阅读史

黑龙江省哈尔滨市阿城区永红小学校　林美玲

日子就在那里，无论你躲在何处，它都像影子一样跟着你。

那好吧，那就去吧，不要回头。

去经历人间所有的美好与痛苦。

面对自己的时候，总是最真实……

因为快乐悲伤都无法对自己掩饰。

人生的潮起潮落，让生活变得绚烂多彩。

2019 年快要过去的时候，迎来了一场传染性的病毒，人传人地感染着。在家的这些日子里，总是会感觉日子特别漫长，仿佛生命已经停止奔波，就安逸地待在最舒适的地方。记得毕业后总是忙忙碌碌，偶尔遇见一个大晴天也怕晒太阳会浪费时间，然后造成什么无法挽回的错误。如今在家，从早上起来到日落时分，看那太阳的余辉慢慢消失在天边，感受时间的流逝，如此真切而实在。这种被迫停止何尝不是一种机会，让人生停下来慢一点，看看那些简单的幸福。也是在这样静悄悄的日子里，我才慢慢放下心中浮躁，才渐渐想起最初的梦想，才开始继续追逐我的学习旅程。也不再急匆匆地想要一步走到天梯的顶端，也学着多给自己一些时间和信任。

在2020年4月，疫情期间书写了一些关于新教育下的教育叙事，也进行了新教育培训的报名。在这样特殊的安逸下找到有意义的事去做，人生会变得很充实。这样的充实就是在指引我们要活得有意义，才不枉此行。"珍惜时间，学无止境"，小小的雨花石也能铺成一条宽广的大道。因一篇教育叙事在阿城区修能读书会的公众平台上获得奖项，很荣幸地开启了修能读书会的大门，成为其中的一员。现在让我去书写阅读史，心里有些惶恐。跟每天阅读的李老师（李彩凤老师）相比，深觉自己读书太少万分惭愧。特别是在有了孩子之后，所阅读的书，特别是纸质书，是少之又少。修能读书会自然要选择爱学习、爱读书的人，如果报名完全没门槛，可能会有人报了名却不珍惜学习机会，造成资源浪费。现在就从我的成长历程开始写起……

我出生在农村，爸爸妈妈是典型的初中毕业的普通工人。小时候家里穷，父母都忙于工作，从来不会特意陪伴我，无任何书启蒙，最初对于文字的印象，是唱一些儿时看不懂的电视剧片尾曲，脑海里竟然背下了很多"华丽的词语"，直到上学。小学一、二年级没有课外阅读记忆，应该是在三四年级时，开始知道阅读这回事，并有了阅读欲望。

记得那天我去条件较好的大爷家里玩，看见长我四岁的姐姐，写完作业捧着本书在读。我心里想：放学了怎么还读书呢？姐姐说，书里有故事，很有趣。我走上前，看到姐姐手里的《作文选》里有如何介绍爸爸妈妈，我也跟着在旁边看了起来，突然发现有一段文字，内容隐约记得是表达母爱的，读了之后那些文字瞬间打湿了我的眼眶，原来可以那么细腻地表达自己的情感。第一次有意识地发现除了课本，还有其他的书可读！而且，就像姐姐说的那样，书中的故事挺有趣。从那以后，凡是能接触到的课外书，我统统想办法读起来，甚至是姐姐的语文书，历史书中的小字故事，都被我读过。爸爸是工厂里的党员，单位会给爸爸发一些杂志，比如《当代党员》，还有一些介绍先进工作者事迹的书，还有工厂开展诗词比赛后整理出的诗集，也都被我一本本的翻阅。最喜欢介绍先进工作者事迹的那本书，里面说的都是爸爸妈妈身边的同事发生的事，感动于那些工人在艰苦环境下，对生活的热爱、对认真工作的执着。后来，妈妈看我喜欢读书，特意去城里买回来一套作文指导，印象尤为深刻，也许因为读了它，在初中那几年班级里读优秀作文的时候总有我一个，对读书的那份热爱更加浓厚了。初中那三年，还读过关于"全国十佳少先队员"事迹介绍的书，讲的是一个个迎着逆境向上、勇敢成长的优秀少先队员的故事，他们大多家境艰难，有的甚至没有父母，自己撑起一个家！

初三的时候，我在城里上学，为了离学校近，就住在一位退休的老师家。此时，我的阅读又开启了一扇新的门。退休老师订阅了杂志《少年文艺》《红领巾》《儿童文学》等，老师特意嘱咐在她那里的住宿生可以随时阅读，我自然一本也不会错过。这些优秀的少儿杂志是我最先接触到的具有文学意味的书籍。

上了高中，有时上自习有点儿无聊，就把老师没怎么讲的政治、历史教材拿出来仔细品读，很喜欢那些书里的知识，为此还记了很多笔记。

上了大学后，阅读的书籍混杂，大多是小说，像郭敬明的《梦里花落知多少》《幻城》《1995—2005夏至未至》、韩寒的《三重门》，还有一些杂志，如《读者文摘》《书屋》《意林》……看了好多好多，现在回忆起这些小说，感到还是有些益处的。金庸的小说让我看到侠客柔情，家国苍生。而古龙的仗剑天涯，潇洒苍凉又是一景……

后来工作，我体会到阅读是跟自己的经历相关的。如若经历没到，一本好书摆在你面前，你却不一定读懂。刚上班时，读《将来的你一定感谢现在拼命的自己》《追风筝的人》《你若不坚强谁替你勇敢》《卡耐基写给女人一生的幸福忠告》，刚开始读不懂，后来也是成熟后读第二遍时，才读出人性的复杂、生活细微处展现的真实伟大。

当班主任后，忙碌了很多，但仍延续着阅读的习惯，读了《最强大脑》《思维导图》《学学孔子怎样当老师》。在学校的要求下，在班级里鼓励学生阅读，低年级的时候就买带插图的彩色故事书，大多是经典童话故事，放到班上，编好书号，供孩子们传阅。高年级后我提供一部分书，孩子们有的再从家带一部分来，成立班级图书馆，孩子们自行管理和借阅。

遗憾的是，人的时间和精力是有限的，看书的时间越来越少，琐碎的生活连阅读都已被抛之脑后。幸福的是，科技越来越发达，我们赶上了好时代。从宝贝 3 岁开始一直到他 7 岁，我和宝贝一起听故事。他对知识的渴求越来越明显，也很喜欢听故事，我们一起听过了《东周列国志》《米小圈上学记》《达达猎魔团》《十万个为什么》《爆笑虫子抓帧故事书》《噼里啪啦细菌来了》等书，累积达 5000 多分钟。我还要感谢宝贝，让我在偶然机会下了解到互联网素材的广泛性，喜马拉雅、得到等听书软件让我满腔热爱，于是购买了 VIP，学习更多课程。疫情防控期间，学习了《精英日课》，开阔了自己的眼界，知道了上游思维和系统的重要性。我还专门建立了阅读微信，学的每个课程都要写下感悟并发布在朋友圈，新微信里没有同事、朋友、亲人，不想给谁看我做了什么，只为提醒自己学习打卡，现已打卡 50 多个课程。跟热爱读书的人比起来是少之又少，但是对于我自己来说是一种提升。这是一个致力于终身学习的开始，只有不断突破一个又一个知识的边界，才能不断地认识自己，才能明白自己是以何种意识认识这个世界的。编年体通史《资治通鉴》人物故事抄写。三个假期里为你读诗软件上每日配乐阅读，累积一共读了 150 篇文章，包括语文书本故事、现代诗歌、成语典故、疫情诗歌等。

俗话说，机会是留给有准备的人的，学校需要配音和诗朗诵人员时每次都找我。从来没有展示什么，想着这就是阅读给我生活中带来的变化和沉淀吧。教学生涯即将过半，却觉得自己特别需要成长，此次能有幸加入阿城区新教育修能读书会，让我在这条路上有了明确的方向。张阿龙老师推荐的书籍，更是成为了我补充新教育精神食粮中的"优质营养"，因为只有我提高眼界，才能让学生更幸福地学习。

　　读书是一种积极的心态，对人生树立的追求，除了眼前的鸡毛蒜皮，心里仍然要有诗和远方；读书是一种独立的精神，能够体验到思考和行动的无拘无束，那种放飞自我的愉悦能够滋润人生；对于读书的内心渴望就是最大的驱动力。让我们一起读书吧！

撒下阅读的种子，收获幸福的人生

黑龙江省哈尔滨市阿城区永红小学　张丽娜

如果把阅读比作1500米的长跑，那我是既没有抢先起跑占据优势，也没有在中途出类拔萃，更没有在终点遥遥领先，我就这样在本该爆发时被忽视，在本该坚持时体力不济，生生地落后别人一大截，如今想追上呀，谈何容易。有时虽然累得身心俱疲，但还是乐在其中。

我成为老师第15年了，每每在孩子们面前回忆自己的阅读经历，满满的都是遗憾。初中之前，家庭经济状况不好，父母工作忙，由爷爷奶奶代为照顾。我自小是个不爱折腾，听话又懂事的女孩，脑子里似乎先天就装好了"要学习"的马达，不需要爷爷奶奶唠叨，不需要老师耳提面命，自己就那么马不停蹄地刻苦认真着。苦于那个时候，出身工人家庭，父母还有自己都没有买书看书的习惯，家里仅有几本小人书，看起来也是津津有味，最早接触的阅读算是奶奶给讲的《九色鹿》的故事，当时为九色鹿的善良所感动，义气愤于坏人的恩将仇报，并对那神奇的九色鹿的光环所憧憬，想象着是不是真的有这等神奇的事情，我有一天会不会也遇到九色鹿……后来家里有了收音机，又疯狂迷恋上了单田芳和田连元，印象最深的是单田芳讲的《薛刚反唐》，铮铮铁骨，一腔热血的形象让我佩服和景仰，于是，梦里，走进金戈铁马的岁月，披挂上阵，征战沙场，无数个午夜梦回时，觉得自己可笑极了。还记得有一次，语文老师拿着我的作文在全班同学面前范读，当时我感到很自豪，可是长大后再看，实在是拙文一篇。现在想来，如果我能像现在的孩子那样，有很多的阅读资源，该是何其幸福。

高中时，在老师的推荐下，我读了《钢铁是怎样炼成的》《童年》《在人间》《我的大学》……虽是读了，但是，因为高中学业紧张，从小未养成好的读书习惯，因而读了也是走马观花，主要为了高考能碰上点考题或者写作时增加一点素材罢了，真是应了那句"读书不求甚解"，现在想来，还是很后悔，没有在最好的读书年龄，静下心来去阅读啊！在我能记住的每个学期的操行评定上，老师一定会写我"学习刻苦认真"，是的，我的确很用心、很专心，但是，我的成绩都是靠着我占优势的记忆力背出来的，就像我的高中数学老师所说，"你确实很用功，但还少了些灵活"。对的，我真是少了那么一丝灵活，用我看班上孩子的眼光，我当然也喜欢灵光的孩子。虽说一个人灵不灵光有天生的成分在其中，但后天通过学习也是能够影响不少的。在高中，我的后天努力并没有帮助到我。很清楚地记得，每一次的作文都是绞尽脑汁，以为积累了别人的优秀句段就一定可以用上，然而，现实可怖！最让我深感遗憾的是没能遇上一位——哪怕只是一位，文学底蕴深厚，浪漫又柔情的语文老师。虽是这般不幸，但还是在语文老师对古文的讲解中，让自己对"唐诗宋词"提起了兴趣，在那里，我仿佛看到了诗人的落魄、得意、惆怅、温婉、缠绵、壮志豪情……喜欢徜徉在简短的文字中，流连在无限的想象空间之中，与古人隔空对话。

大学读的是数学专业，和文学不沾边，业余时间，到图书馆借书也是借阅与书本学习密切相关的书籍。甚至应该这么说，白白读了那么多年书，阅读的速度与能力根本没有得到相应的发展，悲惨呀！

那我真正的阅读到底从何开始呢？萌芽应该是在我来到永红小学之后，在说真正的阅读之前，我特别想说说影响我生命质量的一位老师——陈秋怡老师。她是我们学校的一位优秀教师，也是一位名师。看到她给即将毕业的学生准备了小学六年来的学生作品集作为毕业礼物，我带着羡慕和好奇和陈老师聊了起来，她跟我谈起了师生共读策略和提高写作能力等，让我受益匪浅，之后有时间我就去和陈老师求教阅读和班级管理等方法，她首先推荐给我的是薛瑞萍一到六年级班级管理日志，之后通过各级各类专家培训，我也很关注阅读和班级管理方面的内容，就是从那儿开始，张祖庆、贾志敏、王文丽、陈金龙、戴荣生、薛法根等这些小学语文教育界大咖进入了我的视野，我的直觉告诉我：这就是我教书育人追求的方向。后来，我一步步知道了窦桂梅、王崧舟、于永正，我开始阅读，开始在当当网上买书，由此，走上了阅读这一条"不归路"。

如果说，我的阅读启蒙是源于名师的感召，那我的阅读实践便开始于接手这届孩子，更是源于"新教育"这一缕春风，我和学生一起过上了幸福完整的教育生活。自此，我开始特别细致地学习朱永新教授的《新教育》系列书籍，并阅读了苏霍姆林斯基的《给教师的建议》、于永正老师的《我的教育故事》、王晓春老师的《教育的智慧从哪里来》、王崧舟老师的《诗意语文——王崧舟语文教育七讲》等书籍。这一系列的学习让我有了新的收获。在阅读中，我知道了新教育是心灵的教育，它倡导教师和学生过一种幸福完整的教育生活，并了解到新教育的十大行动包括：营造书香校园、构建理想课堂、师生共写随笔、聆听窗外声音、培养卓越口才、建设数码社区、推进每月一事、缔造完美教室、研发卓越课程和家校合作共育等。至此，我才知道，原来自己认识的"新教育"

只是真正的"新教育"中的点滴而已，而且更深入地理解了"生命就是书写一个故事；教育就是让每个人认真地书写自己的生命故事"。阅读后，我豁然开朗，如果每位师者都能这样去做，那受益最多的不仅仅有学生，还有家长和教师自己啊！这不就是幸福完整的教育生活吗！这听起来是多么令人热血沸腾，我似乎看到了，在未来，自己在学习和实践中不仅得到锻炼和提升、更让自己的生活充实圆满，而我的学生也将收获更完整幸福的学习生涯！只有憧憬是不切实际的，我们还是要操练起来。反复斟酌后，我决定让我的"新教育"列车先从装满书开始，从打造一个书香班级开始，我决定和孩子们一起过幸福完整的教育生活。

一、校园——最美的读书时光

（一）晨诵：与黎明共舞

为了推进"新教育"，学校制订了"晨诵、午读、暮省"活动计划，例如，每天一二年级诵"古诗"、三四年级诵"宋词"、五六年级诵"小古文"。于是，每天早晨8：00-8：10，我会带领孩子们背诵《小学生必备古诗词》，每天一首，听老师读、了解诗意、学生自由朗读、学生领读。在悠扬婉转的古琴声中，反反复复十几遍下来，一半以上的孩子已经能把诗背诵下来了。一年下来，上百首的古诗就在清晨的朗朗诵读中铭记于心，没有沉重的负担，在坚持中生根，品尝幸福的果实，何其美哉！

（二）午读：唤醒生命的美好与神奇

每天中午学生进班级以后，我还会利用投影给同学们讲绘本故事，每一个绘本故事都在无形中给学生传递着爱、信任、分享等正能量。记得有一次，我和同学们一起欣赏日本著名作家宫西达也的成名作的《你看起来好像很好吃》，当我恶狠狠地念到"嘿嘿嘿嘿，你看起来好像很好吃。霸王龙滴滴答答地流着口水，正要猛扑过去……"时，孩子们紧张得似乎能听见他们的心跳声，我故意停了几秒钟，把投影定格在高大、凶狠的霸王龙张着血盆大口，准备扑向刚出生的、弱小的小甲龙的画面。然后继续用稚嫩的声音念"爸爸！甲龙宝宝一把抱住了霸王龙，我好害怕呦"，这时，所有的意外、惊奇，甚至是不可思议都写在了孩子们的眼睛里，他们张着大嘴，同桌互视一下，又马上把询问的目光投向了我，我自然知道他们想问什么，因为我第一次读到这里时，心里和他们想着一样的问题。于是，我借机问同学们，你们猜一猜，这是怎么回事？思考片刻后，孩子们陆续举起手来，"小甲龙认错人了""小甲龙是霸王龙丢失的孩子""小霸王龙穿着小甲龙的衣服"……各种奇思妙想，真是只有你预料不到的，没有他们想不到的。是时候揭晓答案了，我也惊疑地读下去"霸王龙吓了一大跳，不由得说：'你怎么知道我是你的爸爸呢？''因为你叫了我的名字呀。知道我的名字的，一定就是我的爸爸。'"读到这，同学们由吃惊又变成了狐疑，有的同学还不自觉地摸了摸脑袋，他们一定是在想：霸王龙怎么可能知道小甲龙的名字呢？待孩子们又一次把期待答案的目光看向我时，我又带着不确定的语气读到"名，名字？嗯，你说你看起来好像很好吃。我的名字就叫很好吃吗……"听到这，孩子们从瞬间的不敢置信，转而哈哈大笑……故事仿佛抓住了孩子们的心，就这样开始了。整本书读完后，孩子们有些意犹未尽，我也觉得不痛快，索性又用了一节课，再来一起读一遍这个经典绘本，重温一个个霸王龙和小甲龙生活在一起的一幕幕。一声声"爸爸"的温柔呼唤，一句"我要长得像爸爸一样"的真诚期盼，使得饥肠辘辘、垂涎欲滴的霸王龙变得前所未有的柔软、前所未有的刚强：为了"儿子"，他和同类血战；为了儿子，他改食红果子；为了儿子，他担起了保护和教养的责任——最后，为了儿子，他承受着说不出的痛苦和悲伤，用计谋把"儿子"送回甲龙该在的生活圈。这份悲伤，对于由温馨坠回孤独的霸王龙来说，深得测不到底，大到看不见边，我不知道，外表那么高大、内心那么柔软的霸王龙，他将如何度过未来的日子。学生们也许想不到这些，但是他们内心已被霸王龙为小甲龙的付出而打动，也被小甲龙的天真可爱所吸引，更为霸王龙送走小甲龙的那一幕而感伤。也许，他们还不理解，霸王龙为什么狠心把小甲龙送走，但也一定为小甲龙能回到甲龙家族，有可能找到真正的爸爸妈妈而兴奋。一本书带给孩子思维上的碰撞，是无法用语言来形容的，这种幸福感更坚定了我要把更多、更好的书和孩子们一起分享的决心。

（三）暮省：阅读中学会反思

利用每天看护时间，给学生讲《中国故事》，这套书把中国民间、神话故事、传说等根据故事的特点或者内容按照 12 个月编排成了 12 本书，每月一本，每天一个故事，孩子们每个月、每天都能聆听一个新的故事，他们的每一次倾听都是那么专注，读到紧张处他们会屏住呼吸，读到正义战胜了邪恶，他们会不由自主地欢呼或是鼓掌。最愿意看到的就是，每当我说"如果你们能认真并快速完成某一项任务，今天就能多给你们讲一个故事"，于是接下来的时间尽是孩子们认真努力的样子。从他们的表情中，我能看出来，他们真的喜欢听故事，也真的愿意和老师一起走进故事。每一个故事结束，我都会提一到两个问题，让孩子们从故事中辨别善恶是非，然后推己及人，反思自己的行为言语，哪些是值得推崇的，而哪些是一定要摒弃的。就这样，一颗颗善的种子、爱的种子就在读书的沃野里慢慢成长着，而书籍正在成为滋养每个孩子感受幸福最好的礼物。

二、家庭——化零散阅读为力量

除了在学校读书，在家也有大把的时间可以用来读书，虽然有些时间有些零散，但是积少成多的力量却不容小觑。于是，从这些学生新一年入学开始，每天推荐学生诵读《日有所诵》，在这里，诵童诗、诵唐诗、诵《诗经》、诵《论语》、诵泰戈尔，诵在时间的流里，诵在四季的风中。孩子们就在日月的轮回里，渐渐积累了几百篇经典。而且，从一年级开始，就鼓励学生根据所背内容，进行童诗的仿写，意想不到的是，一年级就出了班级文集《梦想启程的地方》，里面收录了近千篇学生作品。接着，我们又开始了创建班级周报的活动，每周从学生的作品中，选出优秀作品刊登在周报上，然后每周抽出一节课，请登报的小作者领读自己的作品。这也是孩子们期待的时刻，期待着骄傲站起来的那一刻，期待着自己的作品在同学们的诵读声中，传遍校园的每个角落的那一刻。而没有作品登报的孩子，自然暗下决心，争取下一周能成功"登顶"。转眼间，我们班的周报也出了几十期了。如今，孩子们读到一首童诗，轻轻松松就可以再接着创作一段。除了读、背、诵，我还巧妙地调动起孩子们的听觉力量，每天我会推送一个故事，建议家长在孩子睡前、休闲娱乐时、或者上学放学路上循环放给孩子听。大家可别小看这种无意注意，你怎么敢保证孩子玩的时候没有听到故事呢？这种轻松的学习方式正是在无压力的情况下进行的，而在潜移默化中，孩子已经知道了这个故事的大概，这何尝不是阅读的另一种简便易行的方式呢？每周，孩子可以把自己最喜欢听的一个故事复述下来，再根据自己的理解，给故事配上一幅画。因为孩子年级低，所以故事复述的精彩与否并不重要，让他们专注地倾听、了解某一个故事，然后慢慢从故事中提取信息，并用语言再把听到的转化成文字，这何尝不是在帮助孩子语言积累的好方法呢？日复一日，我们班的学生已经听完了一百个中国成语故事、五十个中国神话故事、四十个中国民间故事、二十四个节气故事……现在，我们刚听过《中华美德故事》，正在听《论语精讲》。记得在建设班级文化过程中，结合我们的班级特色"黏土创作"，我们开展了第四次"黏土创意画比赛"，主题就是当时刚刚听过的成语故事，孩子们听了跃跃欲试，各自计划着如何创作自己最喜欢的那个成语故事。作品交上来了，"井底之蛙""揠苗助长""亡羊补牢""分道扬镳""螳臂当车"……一幅幅黏土画栩栩如生。为此，我在班级还特意组织了一次讲故事比赛，请学生们带着自己的画，讲自己画里的故事，看到孩子们在讲台上神采飞扬的样子，我也会由衷笑起来。不仅如此，有一次，我们遇到关于动物的成语这个问题，孩子们再也按捺不住了，争先恐后地举起手来回答，看着孩子们开心、自信的脸在熠熠闪光，想起他们平常的积累，更加发现读书和积累带给学生的力量是巨大的，而作为老师的幸福感溢于言表。

三、假期——师生共读、共同成长

在学校里的日子总是短暂的，暑假、寒假会随着紧张的期末接踵而至。假期是放松的时间，更是沉淀和积累的时间。这样的时间，怎么能容许学生肆意挥霍呢？于是，假期除了布置平常的作业外，更要督促学生阅读与积累。要求学生每天背一篇《日有所诵》里的文章并进行每周仿写，每天听一个统一推送的故事并每周进行复述。发起了师生共读活动，我和学生一起制订读书计划，然后开始一起阅读。初期，由我先读，出几个和故事有关的问题引导学生回答。在读完一套《笨狼的故事》后，读《小老虎历险记》时，慢慢鼓励孩子先读，并试着提几个问题，轮流在学习小组里和其他孩子分享，大家共同讨论问题的答案。陆续我们又共读了杨红樱的《亲爱的笨笨猪》系列和《大头儿子和小头爸爸》《愿望的实现》《七色花》《神笔马良》《一只想飞的猫》《穿靴子的马》《稻草人》《三毛流浪记》《苹果树上的外婆》……每周日晚上七点，我们都会准时相约云端，共同交流这一周的读书收获，孩子们畅所欲言，把自己的阅读感受说出来，这种热烈的读书氛围，正在点燃班级每个同学心中的阅读欲望，而打造书香班级，也成了我和学生们共同的事，身在其中的我们每一个人都享受着阅读带给我们的成长快乐！我和我的六十一名孩子们，一起朗诵、一起感受、一起陶醉、互相激励、共同进步。我们共同穿越故事、穿越文字、享受生命，开启幸福的每一天。

四、做孩子们阅读的榜样

"没有阅读就没有个人心灵的成长，就没有人的精神发育。"为了让学生热爱阅读，我决定让自己先做一个爱读书的人。利用课余时间，我阅读了于永正老师的《教海漫记》、薛瑞萍老师的《我们二年级啦》、雷夫的《第56号教室的奇迹》、何捷老师的《何捷老师的教材作文设计》、管建刚老师的《我的作文训练系统》等，我相信在我的榜样引领下，孩子们也会爱上读书。另外，自己先看童书，然后定期推荐优秀书目给班级学生，鼓励她们阅读。低年段时，我推荐孩子们看《中国古代神话》《中国民间故事》《安徒生童话》《格林童话》《小巴掌童话》《小猪唏哩呼噜》《猜猜我有多爱你》《可爱的身体》《鳄鱼医生怕怕》等一系列的中外佳作。正是在一本书一本书的阅读中，我汲取了更多知识、更多技能、更多的能量，而这能量也蓄势待发，推动着我和孩子们一起享受阅读、幸福成长的脚步！

坐上"新教育"的这趟列车，并且有幸加入"修能读书会"，近距离地和名师们一起读书、学习、交流，工作和生活虽比之前忙碌了许多，却一定会更加充实。我深知自己的不足和发展方向，未来我还要不断阅读，不断学习，向优秀的人学习，和孩子们一起打造书香班级，做有幸福感的教师，过一种幸福完整的教育生活。因为，只有有幸福感的老师才能带出一群幸福的孩子，一位热爱生命的老师才能带出一群身心健康的孩子。所以我愿做这个有强烈幸福感的老师，每天都努力地工作着，和我的那群孩子们在新教育的幸福列车上，不断驶向远方；我更愿意做播撒下阅读种子的人，让更多的人收获幸福的人生故事……

读书，遇见更好的自己

黑龙江省哈尔滨市阿城金源小学　缑春梅

　　说起我的阅读史，感觉想说的很多，却不知从何说起，那就按时间顺序记个流水账吧！

　　记忆中的第一本书是《动脑筋爷爷》，这是儿童启蒙书，类似现在的《十万个为什么》，它没有《十万个为什么》丰富，或许是我只接触到了冰山的一角，所以结论也是盲人摸象。但是，现在我记忆的碎片里还有白发苍苍、带着圆圆眼镜、一脸慈祥的动脑筋爷爷，还有总是爱问问题的一男一女两个小孩，还有那些当时看着觉得触目惊心的图片。它带我走近了书的世界！

　　小学阶段印象最深的就是两本钢笔字帖，我清楚地记得刚上一年级的时候，妈妈就给我拿回来了一本钢笔字帖，但是那时年纪小没有认识到写好字的重要性，只练了一段时间就作罢了。反而是第二本《庞中华钢笔字帖》对我的触动很大，那时候没有现在这样半透明的描红纸，我把田字方格本打开一张，放在要临摹的字上，费力地对齐格子、看清字、描完一个字挪一个格，每一个字都要这样写。在初二的那个寒假里，两本一个格一个格挪出来的田字方格，使我的钢笔字突飞猛进。到了高中、大学，出黑板报一直都有我，当然功劳并不只有这一本书，还有王树锋的《实用钢笔书法 60 天速成技巧》。这是高中时期，我见过的硬笔字帖中的"奇书"了！现在看来，它也是很有特点的，是很多字帖所不能比拟的。这本书用行楷介绍了练习钢笔字的基本要求、审美标准、结构要则、笔顺等基础知识，并附以例字和示范字帖。但是，作者讲到了练字与性格，他可以把一个字写出好多种风格，有的矜持内敛、有的粗犷豪放、有的极尽夸张、有的坚决果敢、有的大刀阔斧、有的雷厉风行……他写的"狠"更凶狠，"龙""鸡""虎"更形象、更栩栩如生，"路"更崎岖悠长，"深"更像深渊，"腾"更像腾云驾雾。他赋予汉字以生命，主张将个性融入书法。它带我走进了书法的世界！

小学语文最头疼的就是写作文了，妈妈给我订阅了《作文成功之路》，天真浪漫的童年时期，我只是挑有意思的看，或者在写作文的时候才会好好看看有没有能借鉴的。

改为 小学阶段，还有个比较奇怪的事情，我并不记得看过什么书籍，但是却留下了一个读书笔记，首页上面记着"黑夜给了我黑色的眼睛，我却用它寻找光明"。还有"为什么我的眼里常含泪水，因为我对这片土地爱得深沉……"我当时并不知道作者是谁，也不知道里面的深刻含义，却依然被这些文字感动着，它带我走进了情感的世界！

说到带我走近情感世界的不得不提大学时代。因为高中时期，我对言情和武打实在提不起兴趣，无非是看看《读者》《青年文摘》等快餐式的经典文章，看看《花季雨季》，看看韩寒等写校园生活题材的书。大学时期有更多的自由时间、更多的读书选择。我常常去阅览室看杂志、报纸，去图书室借书。其实很多看过的书，无论是书名还是内容都已经淡忘，就好像不曾在我的生命出现过一样。但总有个机缘巧合，会唤起我的记忆，《简·爱》就是其中之一。

在听书软件里找书的时候，无意中翻到了《简·爱》，这名字很熟悉，却对内容倍感陌生，听了一段。啊！原来我看过！然后，一边听书，一边与记忆里的情节对号入座！简·爱的一生悲欢离合。她年幼时是寄人篱下的孤女，年少时在艰苦孤独的学校中成长，成年后在理智与情感中纠葛，后来却不得不选择离开，最后又毅然决然赶回庄园，终得爱情。她经历了许多挫折，是不幸的，但是她却从不向命运低头，任何困难在她面前都不会感到恐惧。书中有这样一段话，她说："如果大家老是对残酷、不公道的人百依百顺，那么那些坏家伙就更要任性胡来了，他们会什么也不惧怕，这样也就永远也不会改好，反而越来越坏，当我们无缘无故挨了打，我们必须要狠狠地回击。"我很赞成她的这种说法，因为自尊、自爱是做人起码的要求，自强更是你改变现状、突破自己的唯一出路。但是，就像古希腊哲学家赫拉克利特说的"人不能两次踏进同一条河流。"我看到的也不是"同一本"《简·爱》了！《简·爱》没有变，而我却已是 20 年后的我了。除了自尊、自爱、自强，我还关注了两个点，一个是她早年在学校里最喜欢的老师坦普尔小姐，一个是她继承了一笔遗产。在罗沃德孤儿院求学的日子里，善良温柔的坦普尔小姐不仅是简·爱的老师，还担当了母亲的角色，简·爱说，"我所取得的最好成绩都归功于她的教诲。"我觉得简·爱一个人单打独斗，太久了，太累了，孤立无援的日子，太难熬了。感谢坦普尔小姐给了简·爱生命的温暖，让她能在一个相对良好、有爱的环境中成长，同时也慰藉我这个读者的心！所以当坦普尔小姐离开罗沃德后，简·爱也随后离开了，不是因为那堵围墙束缚了她，而是因为在那里没有了爱她的和她爱的人了……小说的结尾，描写简·爱获得了一笔遗产，回到孤独无助的罗切斯特身边。这一情节虽然值得推敲，但如果罗切斯特的夫人没有死，简·爱绝不会和罗切斯特在一起。如果简·爱没有获得遗产，就算他们在一起了，罗切斯特的自我和简·爱的过度自尊也会因双方地位、财产的不平等而产生矛盾。可以说简·爱得到的遗产使他们的社会地位变得平等，让简·爱变得坦然。我更愿意从这一方面理解——女性经济独立、就会有相对平等的家庭地位，才可能获得幸福。这本书帮我确立了爱情观，它带我走进了情感世界。

这件事像一把钥匙，打开了我记忆的闸门。还记得看《理智与情感》时觉得坚持理智可能会伤害情感，而选择情感又有可能失去理智；读《傲慢与偏见》时为伊丽莎白与达西之间的误会而着急，为完美的结局而喜悦；读《白鹿原》时为神秘的开头而着迷，为曲折的情节而欲罢不能；看《穆斯林的葬礼》时哭得一塌糊涂；读《尘埃落定》时为"傻子少爷"的独特视角而沉醉；读《白洋淀纪事》时为老百姓英勇抗日、后方妇女鼎力支持和配合而感动；读《国画》时为窥视官场而感叹……它带我走进了新奇的世界。

如果不是重温《简·爱》，真忘了自己读了这么多书。因为做了妈妈后把自己的精力全放在孩子身上了。从备孕到育儿，看的书很少，即使看了也都是营养、育儿方面的；即使是帮助孩子养成了爱读书的好习惯，也忘了自己读一读。现在最后悔的就是没跟孩子一起读绘本、童话，如果读了，帮学生推荐书才更有底气，跟学生聊天才会更有话题，更有助于帮学生养成爱读书的好习惯。而且这些绘本、童话真的很受欢迎、很经典！

总是有些机缘巧合的事情会发生，有一次我和孩子在餐厅边吃饭边等人，餐厅里有很多书，我们都选了一本，就这样我和三毛的《我的宝贝》相遇了，书里面有很多宝贝，她的每一样宝贝都有来历，都藏着一个又一个故事。我对《药瓶》感触极深，文中荷西对三毛的关爱，是"一步也不给走"的；两人经济拮据，只能三毛一个人回台湾看病，荷西是"眼角没有干过"的；荷西对三毛的思念是"才一个多月，来信已经一大叠"的。想想当时荷西已经去世，他的离开对三毛打击很大，三毛却能以这样温馨的文笔叙述"药瓶"的由来，真让我感到心疼！在偷偷擦眼角的时候，也不禁回忆起她童年求学的故事，她的爱情、她的撒哈拉……

　　参加工作以来，教育书籍也看了一些，可能是参加工作时间短，或是接触的理论书籍多一些，又或许是内心的排斥，总觉得看不懂。直到看到魏书生的《班主任工作漫谈》，这里只有故事没有理论，只有方法没有说教，可以思考着照样学。而《赵翠娟与学习型学校》更是以小学为阵地，集中了南马路小学名师的成功经验，也让我更深刻地认识到了读书的重要性。《给教师的建议》是赵校长力推的书，这本书她有两本，因为第一本已经翻烂了！于是自己也买了苏霍姆林斯基的《给教师的建议》，这不愧是赵校长一生研读的教育书籍！它理论与实践相结合，又相得益彰，相映成辉！他所建议的都是我们工作中遇到的问题和难题，比如：《教师的时间从哪里来？一昼夜只有 24 小时》《谈谈对"后进生"的工作》《知识——既是目的，也是手段》《怎样检查练习本》《要思考，不要死记》《必须教会少年阅读》《怎样使学生注意力集中》等。是不是看题目就感觉很亲切、很接近我们的教育生活，想看看他是怎样建议的，它一定会带我们走进教育的世界！

　　《赵翠娟与学习型学校》和《给教师的建议》都特别注重教师和学生的阅读！我也开启了我的读书模式！尤其疫情这半年来给了我充分的读书时间，我先后读了《小王子》《羊皮卷》《墨菲定律》《犹太人的枕边书》《张爱玲小说集》《呼兰河传》《百年孤独》《给教师的建议》《人类简史》。这次有幸加入"新教育修能读书会"，遇见了更多名人名家的教育论著，遇见了更多爱读书的名师，跟读书会有计划地读书、有步骤地活动，一定会更深入地阅读、分析和思考。

　　读书，遇到更好的世界；读书，找到更好的自己；读书，成为更好的父母；读书，成为更好的老师；读书，过更享受的教育生活！

与书相伴的日子

黑龙江省哈尔滨市阿城区胜利小学　王春玲

"书籍是全世界的营养品。生活里没有书籍，就好像没有阳光；智慧里没有书籍，就好像鸟儿没有翅膀。"确实如此，书给人以营养，给人以慰藉，丰富人的精神世界。捧着一本书，静静地沉醉其中，我觉得是一件幸事，也一直是我向往的境界。

有幸加入阿城区新教育修能读书会，让我有机会重拾那些与书相伴的日子，让我倍感温暖。

记忆中，也看过那些具有年代特色的小人书。印象中，那泛黄的纸张，黑白的画面，每页下的几行小字，构成了我儿时的读物。那时还太小，小人书虽占据了我对书的最初记忆，但看过的内容早已忘却。只记得很爱看里面的画，根据画面猜测书里面的内容，很羡慕那些认字的人，经常会缠着他们读给自己听。

孩提时，不识字的我，还有另一种读书方式——听评书。《三国演义》《水浒传》《三侠五义》《岳飞传》……让我从小就领略了名著的风采，认识了侠肝义胆、精忠报国，崇拜那些大英雄，爱上了中华传统文化，喜欢上了中国历史。上学时，我的历史成绩一直非常优秀，我想和小时候这种特殊的读书方式有着直接的关系。听评书也让我的童年充满了期待，每天都早早地守候在收音机旁，每每听完，觉得时间过得那么快，盼望着明天这一时刻的早日到来，直到睡觉前还惦记着小说里的人物的安危。一部小说听完，总觉得意犹未尽，还需要几日的光景才会接受新的评书。

到了上学的年纪，特别喜欢新发的书散发出的淡淡的墨香。总是迫不及待地打开语文书，看看里面又有什么新故事，常常被其吸引，忘乎所以。还记得那时最讨厌学"基础训练"（相当于现在的语文园地），是对本单元学习知识的一个盘点，觉得特别枯燥，尤其不喜欢后面的作文，人生的第一篇作文题目至今还记忆犹新——《我的妈妈》，从放学一直憋到暮色降临，只写了只言片语，最后在大姐的帮助下终于达到了老师要求的字数。没想到第二天居然还得到了老师的表扬。于是，我暗下决心以后一定要"我手写我口"。自此，我的作文再没让家人帮过，却也受到过多次好评，我想这得益于我的另一段读书经历。每到假期，因我不喜睡午觉，就会找姐姐们的书来读，读得最多的就是作文选，不知不觉中，我会把看来的词语、句子、写作思路移花接木用到自己的作文中，慢慢地，我成为了班中作文"佼佼者"。一次临近期末考试，老师带着我们复习作文，给出题目，让我们说说开头和结尾，我总是最先发言，当然也得到了老师的夸奖。最值得骄傲的是一次学校作文竞赛我获得了一等奖，至今还记得奖品是一支钢笔，那时的兴奋和激动无以言表。

小学时，最深的一次读书经历是同学借我的两本《安徒生童话》，真的是如获至宝，爱不释手。至今脑海中还会清晰地浮现出当年捧着书在自家小园后院读书的画面。那是一次美好的读书经历，唤起了我想象的翅膀。

上了初中，读书依旧让我的作文受益。初二期末考试的一篇议论文，我的语文老师在所有任课班级把我的作文大赞特赞了一顿。可那时，我并不知道是那些读物的功劳，直到走上工作岗位，指导学生写作文时，才恍然大悟。

到了高中，是真没有读课外书的时间了。那时正是琼瑶阿姨的小说盛行之时。特别羡慕那些有勇气租书看的同学，因为我知道这些书很容易让人"走火入魔"，在初中时，曾看过两本当时所谓的"大书"，达到了"废寝忘食"的地步，所以这个时髦我没敢跟。但读书却又一次给我带来了好运。无意中看了同学作文选中的作文，没想到和高考作文"撞衫"了，于是我的语文成绩成了我高考中所有科目的最高分。

到了大学，第一次进入图书馆，看到那琳琅满目的书，都是自己梦寐以求的，真想一口气都读完，也是在那时我读了很多世界名著，大开眼界、大饱眼福。《红楼梦》弥补了我高中时未看其书先分析其人物的遗憾，《呼啸山庄》让我看到了一个爱而不得、因爱成恨的爱情和复仇故事，《爱的教育》让我感受到了人性的善良与美好，《假如给我三天光明》《钢铁是怎样炼成的》让我知道如何面对困难、战胜困难，学会面对、学会勇敢，《百年孤独》让我感到人世间的恐怖、孤独与阴暗，《悲惨世界》既为主人公的善良与美好而感动，又为他的悲惨命运而感叹……三年的课余时光，我流连于书的海洋之中，领略着大家的风范，和文中的人物一样受到一次次爱与恨、善与恶、美与丑的精神洗礼，偶尔读到兴奋处，也会写下自己的拙见。在这些书的陪伴下，我的大学时光不再孤独、不再压抑，而是丰富多彩，回味无穷。

走上工作岗位，我不再盲目地读书，所看的都是有关教育类的书籍。它们帮助我在教育教学的道路上成长起来。《小学语文课程标准》让我更加明确了教育目标、教学策略、教学方法，在教学中能有的放矢；魏书生的《如何当好班主任》教会我怎样做一个合格的班主任；《窗边的小豆豆》让我重回孩提时代，认识到儿童的天真、纯洁，追求自由，向往美好，试着从孩子的角度考虑问题，学会关爱学生；再读《爱的教育》，我的感受发生了变化，开始检讨以前对学生的做法，思索如何做一个充满爱心、受学生喜欢的老师；《关于教育学的100个故事》让我开始尝试用书中的方法教育、引导我的学生，果然有效，看着学生向善、向上发展，喜不自禁；《新教育之梦》让我对新教育有了一个更深刻、更全面的认识……一本本教育书籍，解开了我教育教学路上的困惑，让我走进了学生心里，做他们的知心朋友，学到了新的教育理念与方法，逐渐形成了自己的教育教学风格，一步一个脚印地在教育的沃土上耕耘着、播种着、成长着，收获着为人师的幸福与快乐。

"书籍是最好的朋友。当生活中遇到任何困难的时候，你都可以向它求助，它永远不会背弃你。"在日常生活中，我也会与书为伴，从书中汲取力量。有一次，在路边买了一本巴金的《家》，当时都看哭了，还为此写了一篇读后感。看过《白鹿原》的小说版，几年后又看了电视剧版的剧情介绍，同情里面人物的悲惨命运，更加珍惜现在的美好生活。《读者》中一个个触及心灵的故事，引人深思……读书让我的业余生活变得多彩。

"书籍是在时代的波涛中航行的思想之船，它小心翼翼地把珍贵的货物运送给一代又一代。"自己读书的同时，我也很重视对学生阅读的培养。起初，我鼓励学生填写读书记录表，记下自己每天的读书内容。后来随着电子科技的发展，由苗苗教育到微信视频，再到现在的钉钉打卡，学生坚持每天至少读书半小时已成为一种习惯，所以一、二年级我重点培养的是学生的读书习惯。到了三、四年级我会定期开展好书推荐、小组交流等活动。五、六年级开始写读书笔记、分享自己的读书故事。看到学生聚精会神读书的样子，听到他们声情并茂地朗诵，欣赏他们的精彩美文，一种成就感、满足感油然而生。相信书香浸润的童年，会让他们拥有"腹有诗书气自华"的气质，也一定会让他们终身受益。

为了做孩子们学习的榜样，2017年，我加入了学校"睿轩"读书会，在这一年进修学校组织的读书联盟启动大会上，我做了读书交流展示，获得了好评。学校"睿轩"读书会每次组织的读书活动，我都积极参加，分享自己的读书心得，学习其他老师的优秀做法。畅谈读书感悟，交流读书收获，丰富了我们的业余生活，拉近了同事间的距离。"无心插柳柳成荫"，无形中，也让自己的孩子养成了爱读书的好习惯，每当看到他醉心阅读的样子，特别欣慰。"榜样的力量是无穷的"，相信在我的带动下，班里会有越来越多的孩子爱上阅读。

回忆那些与书相伴的日子，是那么的甜蜜与幸福。在书中，我宁愿是一粒沙、一滴水，在沙漠里、在海洋中尽情地驰骋，锻炼自己、释放自我、丰富自己，让自己的羽翼更加丰满。

有幸成为阿城区新教育修能读书会的一员，在未来的日子里，在新教育理念的影响下，在张老师的指导下，在同伴的帮助下，我会继续捧起一本本书，徜徉在文字中，收获更多的美好！希望自己尽快地成长起来，让新教育的光芒，照进更多学子的心田。

读书就是一场盛宴

黑龙江省哈尔滨市阿城区龙涤小学　张婷婷

回想起小时候读书的情形，脑海中读书的影像慢慢清晰，看到了儿时的自己。那时候最盼望的就是《故事大王》《漫画故事》到来的日子。每当妈妈从单位拿回为我订阅的期刊的时候，我便兴奋不已。几乎整整一个星期都会比平时早起，比平时晚睡。反反复复地读书中的每个故事，直到可以为小伙伴绘声绘色地讲述。我在书中知道了，简简单单的四个字的背后，竟然有一个那么有趣的故事。"一衣带水""唇亡齿寒""上屋抽梯"……这些成语故事，是我最早接触的中华文化。我在书中发现了外国人的头发竟然是打卷的，深凹的眼睛，高高的鼻梁。"被缚的普罗米修斯""阿卡琉斯之踵"……这些古希腊神话，是我对外国人的第一印象。我在书中了解到了故事可以写得很长很长，每一段故事都能让人意犹未尽。我被"皮皮鲁和鲁西西"历险牵引着，期待着我也可以和皮皮鲁在魔方大厦里冒险、跟着鲁西西和鲍尔一起经历神奇的事情。这时读书就像餐前开胃菜，让我对阅读这件事充满了兴趣，让我对未知充满了好奇，激发了我对知识的探索欲望。

真正打开我眼界的是一本名为《看世界》的半月刊。它开阔了我的视野，让我了解到中国幅员辽阔的地域。最喜欢的栏目是军事观察，喜欢威武的士兵、精良的装备，飞机坦克那些大家伙们常让我兴奋不已。它让我看到了社会万象，不仅仅是中国，还可以放眼全世界。是它让我对各大洲人文、地理、历史、时事有了粗浅的认识。它包罗万象，小孩子感兴趣的知识，无不在其中。《看世界》启迪了我的智慧，坚定了我的志向，抚慰了我的心灵。以世界的眼光看中国，以中国的眼光看世界。这本杂志让我有了向别人炫耀的资本。其实，阅读不是做给别人看的，阅读是为了自己的，为了乐趣而读书，你才会体会到那份惬意。我渐渐地认识到开卷有益，以这样一种沉浸的方式去读书，使得读书就像品尝浓稠的蔬菜汤，营养丰富，欲罢不能。

随着阅读能力的提升，期刊已经不能满足的我的阅读需要了，于是开始向大部头书籍迈进。我读到的第一本经典小说是从姐姐家借来的美国作家海明威的《永别了，武器》。虽然没有经历过战争，但从小听着爷爷讲战争的故事，似乎多少能体会到海明威所要表达的厌战情绪，这情绪弥漫着整本书。他要在战场中寻找宁静的所在，于绝望中寻找希望，最终孑然一身，独自忍受战争带来的无尽伤痛。这本书，真的让人有一种难以言说的痛。就是这本书让我喜欢上了海明威的笔调，喜欢他的语言风格以及讲故事的能力。主人公的命运让人牵挂，场景描述身临其境，虽然没有亲临过，但却在海明威如此真切地描写中感受到战争的残酷。"书非借不能读也。"从此开启了借书读的模式。向亲朋好友借，从学校门口小书屋借，到市里大图书馆借。在借借还还中，我读到了许多文学大家的作品，沉浸在书的海洋里，感受着作者的脉动，跟着情节起伏跌宕。从此就在文学经典小说的道路上，一发不可收拾。《丧钟为谁而鸣》《老人与海》包括海明威的短篇小说，都让我爱不释手。许多长篇小说让我记忆犹新，如普鲁斯特的《追忆逝水年华》、托翁的《战争与和平》、陀翁的《罪与罚》等。我还看了几本中外文学史的书。我也就慢慢找到了自己喜欢读的书——文学类。那时我的读书热情就像高尔基说的那样，"我扑在书籍上，就像饥饿的人扑在面包上一样。"这句话非常贴切地表达了我读书的迫切心情。书是我们的精神食粮，不就是我们的面包？有芝士口味的、有夹着酸甜果酱的、有抹着奶油的，总之，是有益健康的。

看的书多了，感觉还是读小说舒服些，就像我们从小喜欢甜腻的食物一样，口味与胃口一样，总是喜欢选择一些精美且易消化的食物。那时的我彻底被三毛和琼瑶抓住了胃口。主菜还没有顾得上，贪恋上了甜点。被甜蜜的爱情迷醉了，上课三毛，下课琼瑶。武侠小说、科幻小说和仙侠小说，金庸、古龙、倪匡，看得废寝忘食。这些没什么营养的快餐，却成了我阅读的主流。这是不能叫作真正读书的，我的大学时光迷失在小甜点中——可乐、布丁、咖啡、冰淇淋。真是美滋滋！回想起那时的我，脑海里留下多少东西了？真正存留下来的才是自己的东西，回想自己也读了很多书，但是能存留在脑海里的也不多，剩下的只有经典，而大部分都已被遗忘了。

2003 年，我走上了工作岗位。生活节奏随之加快，读书时间所剩无几。只有学校每月必须上交的读书笔记，还能督促我读一点点书。从教之初，主要钻研教材、教参。教学参考书是重要的课程资源，它能帮助我领会教材的编写理念，正确地理解教材内容，明确教学目标和要求，促进教学理念改进和提高。因此，也成为了我的主菜。备课时我都认真阅读教师用书等相关资料，切实领会教材编写意图，尽量少走弯路。教学参考书对于知识点的解读精准到位，成为我备课的重要参考。我时时刻刻求助于教参这位不会说话的师傅。教参是教师理解教材、选择教法、设计教案的重要依据。初为人师时教参对自己的帮助极大。每晚忙完之后，我都会平心静气地钻研教参，它才是我的正餐，我的主菜。但我深知，单一阅读的营养远远不够。

曾看过两篇文章，至今记忆犹新。一篇讲的是一个人读书的亲身经历，他从强迫读、读感兴趣的书开始，最终养成了读书习惯，我觉得我也可以；另一篇讲的是阅读量，文中提到中国人均阅读量不足 5 本，与韩国、日本、德国、以色列人均阅读量相比还有很大差距。作为一个读书人，深感自己拖了中国人的后腿，这些年都没读到国人的平均水平，枉称读书人了。于是，陡然间，生出责任感和使命感。

又开始立志要养成阅读习惯，不敢把目标订得太大，计划当年读完十本书，读了《苏霍姆林斯基选集》《教育的经济价值》《终身教育引论》《教育与美好生活》《教学教育过程最优化》《教育心理学》《心理学》《儿童发展》《学习理论》《组织行为学》算是凑足十本，勉强完成年初任务。习惯并没有养成，但咬牙也能看下去。

想着这样进步太缓慢，而且读书效果不好，于是改成读书要写读书笔记，尽量多读书不限数量。坚持大半年，读了《七年知青岁月》《未来简史》《上学记》《家长是孩子最好的玩具》《世界观》《自卑与超越》《刻意练习》《即兴演讲》《中国八大诗人》《数据思维》《弹性》等，这些书开阔了我的视野，让我从两耳不闻窗外事，只关注眼前的苟且生活，到为我开启了一扇窗，看到诗和远方。这一年估计看书也就十本左右，听书却数不胜数，几百本也是有的，虽然，听过的大多已经忘了，但读书的信念却无比坚定。

现在读书不再有具体数量质量目标，就是想读书提升自我认知，开始从强迫读书平稳过渡到自然读书，对言情、武侠、玄幻小说，已经不再有丝毫兴趣了。想读的书已经变成从教学到心理学，从育儿到艺术。阅读不仅局限于纸质书、电子书了，听书软件都已经进入我阅读的餐桌了，与小时候相比，现在可读的书真是太多了，读书的方式也发生了很大改变。

"腹有诗书气自华"，相信读书能增长智慧、提升认知。书籍就是个宝库，伟大的人将毕生的经验智慧贡献出来，无须从头开始摸索，仅仅去阅读，就能获得前人的智慧，还有比读书更划算的事吗？徜徉在知识的海洋，品尝人类知识的果实、精神的食粮、智慧的琼浆。读书就是一场盛宴！

阅读给我力量

　　说起我的阅读史，还得沿着时空隧道，回到二十多年前。那是一个阳光明媚的午后，酷爱读书的姐姐正坐在窗边啃食着《钢铁是怎样炼成的》，时而眉头紧锁，时而嘴角上扬，时而陷入沉思，我被姐姐的举动吸引住了，姐姐告诉我"老妹儿，书中自有黄金屋，书中自有颜如玉"。我似懂非懂地点点头，从此，在我的心中埋下了一粒种子，我要向姐姐学习，一定多读书，去寻找黄金屋，去寻找颜如玉。

　　我阅读的第一本书就是《钢铁是怎样炼成的》，作者是苏联作家尼古拉·奥斯特洛夫斯基。主人公保尔顽强地与病魔作斗争，不断地摔倒，不断地站起，保尔那些难忘的经历，那些血与生的考验，还有保尔永不放弃的梦想，使保尔的生命绽放出熠熠生辉的光彩。"人最宝贵的是生命。生命属于人只有一次。人的一生应当这样度过：当他回首往事的时候，不会因为虚度年华而悔恨，也不会因为碌碌无为而羞愧；这样，在他临死的时候，他能够说：我的整个生命和全部精力，都已经献给了世

138

界上最壮丽的事业——为人类的解放而斗争。"我从主人公保尔身上，获得了人生的第一种可贵的精神——坚强的"钢铁"精神。这种精神无时无刻不激励着我、鞭策着我，使我努力向前，向前，再向前。

随着年龄的增长，我开始阅读中国古典四大名著。《西游记》里唐僧师徒四人历经九九八十一难，一路降妖除魔，终修成正果。从中告诉我们"世上无难事，只怕有心人"。只要坚持不懈，持之以恒，没有走不完的路，没有蹚不过的河，没有爬不完的山。读完《三国演义》，书中神机妙算的诸葛亮、老奸巨猾的曹操、忠勇无双的关羽、宽厚仁义的刘备给我留下了深刻的印象；书中人物的出谋划策、运筹帷幄、斗智斗勇，让我佩服他们的机智，懂得了天下大势一定是"分久必合，合久必分"。《红楼梦》中多愁善感的林黛玉、聪明灵秀的贾宝玉、稳重端庄的薛宝钗，透过他们的人生遭遇，看到的不仅是一场场悲欢离合、命运浮沉的人生大戏，更是一部封建社会的百科全书。宝玉和黛玉悲剧式的结果，让我感怀不已。可冷静思考，更要好好珍惜现在的和谐盛世，唯有努力读书、努力工作，方不枉人世走一程。阅读《水浒传》给我印象最深的就是"忠义"二字。"忠"就是要忠于祖国，忠于人民，对自己的亲人、朋友做到尽心竭力。"义"就是要做一个有正义感的人。为朋友赴汤蹈火、两肋插刀；为人民除暴安良、替天行道。

拜读红色经典《红岩》，使我一次次泪洒衣襟，久久地不愿合上书，心疼、心痛、敬佩、愤怒……各种情绪交织在一起。心疼于江姐被敌人用粗竹签钉入指甲缝那种十指连心的痛，敬佩于江姐、成岗、许云峰等共产党人的坚贞不屈、钢铁般的意志，愤怒于敌人兽性般的残酷。成岗的"自白书"——任脚下响着沉重的铁镣，任你把皮鞭举得高高；我不需要什么"自白"，哪怕胸口对着带血的刺刀！人，不能低下高贵的头，只有怕死鬼才乞求"自由"；毒性拷打算得了什么？死亡也无法叫我开口！对着死亡我放声大笑，魔鬼的宫殿在笑声中动摇；这就是我——一个共产党员的"自白"，高唱凯歌埋葬蒋家王朝！成岗的"自白书"成为共产党人的心声，向敌人宣告真正的革命者是打不倒的。"毒刑拷打是太小的考验，竹签子是竹子做的，共产党员的意志是钢铁做的！"这么多年来，成岗的铿锵有力的"自白书"、江姐的豪言壮语在我的脑海里不断回响，无时无刻不激励着我，促使我成长为一个英勇坚强的人，这更是我奋发向上的原动力！

阅读《简·爱》，让我从简·爱身上学会了独立，学会了自信，学会了感恩，学会了坚韧。我之所以爱简·爱，是因为简·爱活出了自己的尊严，不妥协，不将就，有原则，个性倔强，简·爱身上所散发出的光芒，至今仍熠熠生辉。

阅读高尔基的《童年》《在人间》《我的大学》，从高尔基悲苦的命运中，使我懂得了一定要顽强，遇到挫折要勇敢面对。高尔基出身贫寒，有着不幸的童年。他捡过破烂，当过学徒和杂工，受尽了欺凌与虐待。就是在这悲惨而又艰苦的生活中，高尔基仍如生命力顽强的小草，艰难地生长并且绽放。

我已为人师二十多年，意识到阅读书目不能仅仅停留在经典名著，还要多阅读有关教育教学的书目，学会怎样培养孩子，怎样从孩子身上学到更多的知识，从容地做一名合格的人民教师。于是，我开始阅读《听窦桂梅老师讲新课》，窦桂梅老师在自序中这样写道："未来是一个怎样的世界，取决于今天我们培育怎样的儿童。语文作为母语学科，决定了语文教师必须有更深的情怀与更大的担当，必须成为永远的思想者与终身的学习者。"是的，尤其是作为新时代的人民教师，尤其是语文教师，更要将终身学习作为头等大事，这样才能跟上时代的步伐，才能为祖国培养出更优秀的下一代。在《听窦桂梅老师讲新课》中，给我印象最深的是窦桂梅老师讲古诗课，窦老师幽默风趣、知识储备非常丰富，古诗句张口就来，培养出的学生当然也不逊色，学生的语文素养特别高。

有好多窦老师和学生说出的诗句我都不甚了解，只能一一查阅诗句的出处、作者，真的感觉自己对于古诗词的了解太过匮乏，于是，我又恶补唐诗宋词。窦老师的讲课风格独特，以学生为主体，课堂充实丰满，值得我学习的地方非常非常多。

《学生教我做老师：罗恩·克拉克学校的成功秘密》一书，作者是美国的金·比尔登。在阅读"建立亲密感"这一章节时，给我印象最深的是比尔登在弗雷迪身上学会了上进心。弗雷迪是一名开心的七年级男孩，在课堂上调皮捣蛋绝对是一等高手。比如：会无缘无故地从椅子上掉下来，动不动就去厕所、削铅笔、扔东西，或者想办法离开座位。面对这样的学生，比尔登绞尽脑汁曾尝试各种教育办法，但都无果。有一天，比尔登接到上级电话，领导要来听一节公开课。在这节课上，比尔登最担心的就是弗雷迪捣乱，影响课堂纪律。在课堂上，其他学生不时地看看比尔登，又看看弗雷迪，大家都怕弗雷迪捣乱。可出乎意料的是，弗雷迪这节课学得很好，小手高高举起，比尔登先是没敢叫他，但环顾四周，弗雷迪的热情最高，没办法，比尔登叫弗雷迪回答问题，可心里却非常紧张，不知道弗雷迪是真回答问题还是捣乱。意料之外，弗雷迪回答的很准确。课后，得到了听课领导的赞扬。课后，比尔登陷入了思考：弗雷迪这样的学生都想成为一名好学生，哪怕是他动用全身每一根筋骨来完成这非常重要的 30 分钟。弗雷迪的这一举动，教会了比尔登越来越想成为一名好老师。我想，要想成为一名好老师，就要与学生建立亲密感，给予学生足够的信任，因为每一个学生都是有血有肉、活生生的人，每个学生都是独一无二的，在身体里都有无限潜能，说不上在哪一时刻触动了它，它就会把潜在的能力发挥得淋漓尽致。

《孩子是个哲学家》一书告诉我们，要关注孩子的需求，要发现孩子身上的闪光点，要走进孩子的世界，用孩子的哲学观来看待它们的世界。打开成人的思想禁锢，从孩子身上学到一些知识，学到一些相处之道，成人需要从孩子身上学会直率，孩子不会掩饰，不会撒谎，孩子是率真的。成人的一言一行都逃不过孩子的眼睛，孩子就是成人的镜子。

　　我也曾拜读过徐志摩的《志摩的诗》、闻一多的《红烛》、巴金的《家》《春》《秋》、鲁迅的《狂人日记》《骆驼祥子》、路遥的《平凡的世界》等，不同的书目，不同的经典，不断地浸润着我的心灵，充盈着我的人生。

　　师生共读是我的一大喜好，和学生一起成长，一起分享阅读的快乐。我们师生共读了《小猪唏哩呼噜》《中国神话故事》《中国民俗故事》《格列佛游记》《小巴掌童话》等书目，还有《小熊和最好的爸爸》系列丛书、《小企鹅心灵成长故事》系列丛书，和学生一起阅读，一起交流，共同成长，我们共享着读书带来的无限快乐。

　　阅读在成长的路上伴随着我，虽然我的阅读经历简单，但阅读带给我无穷的力量，这份力量将支撑我走得更远！

精神的蜕变

黑龙江省哈尔滨市阿城区龙涤小学　王玉琦

　　我爱读书的女人。书不是胭脂，却会使女人心颜常驻；书不是棍棒，却会使女人铿锵有力；书不是羽毛，却可以使女人飞翔。

　　我的阅读记忆可以追溯到很远，母亲是一个狂热的阅读爱好者，可能在影视互联网都不那么发达的时代，阅读是扩充自我的最好方式，毕竟当时的信息都是通过文字进行传递的。

　　我现在仍然记得炎炎夏日我和母亲对坐在窗台，明媚的阳光透过窗户照在我们的书本上，字迹明亮，墨香怡人，那就是我最梦幻般的读书记忆。诸如《爱丽丝漫游奇境记》《小坡的生日》《窗边的小豆豆》《皮皮鲁和鲁西西》《格林童话》《安徒生童话》《伊索寓言》等。这些图文并茂的漫画让我的幼年时光丰富多彩，有时我是爱丽丝公主，畅游在梦幻王国，跟着疯帽子一起智斗红皇后；有时我是窗边的小豆豆活泼可爱，和燕子对话，连校长都对我无可奈何；有时候，我是小坡，在地图上指着日本的地图说是"油条"……感谢这些活灵活现的童话人物让我的童年多了不少有趣的活动，也为我的想象力开启了一扇大门。

时光荏苒，幼年时光一瞬即逝，小学的阅读失去了自由自在的任性，仿佛多了一丝"功利性"。犹记得班主任老师铁青着脸，郑重其事地列举了四大名著，八小名著的书单。苦口婆心地说道："也许你们现在会讨厌老师，但你们读好了这些书对你们今后的学习和生活都会有很大帮助。"《西游记》《红楼梦》《水浒传》《三国演义》《钢铁是怎样炼成的》《鲁滨逊漂流记》《格列佛游记》《朝花夕拾》《名人传》《童年》《骆驼祥子》《繁星·春水》。当时读这些文章总觉晦涩难懂，我不懂祥子为什么三次卖车三次买车；不懂林黛玉为什么总是哭唧唧的；不懂唐僧为什么不让孙悟空背着取经；不懂宋江为什么毒杀自己出生入死的兄弟；我不懂……可那时的我也会被保尔柯察金"一个人的生命是应该这样度过的：当他回首往事的时候，不因虚度年华而悔恨，也不因碌碌无为而羞愧。这样在临死的时候，他才能够说：我的生命和全部的精力都献给世界上最壮烈的事业——为人类的解放而斗争"。的革命论弄得热血沸腾；也会为刘关张结拜时"不求同年同月同日生，但求同年同月同日死"的义气而感动涕零；还会在鲁迅的"人生就像一座山，重要的不是它的高低，而在于灵秀；人生就像一场雨，重要的不是它的大小，而在于及时"。体悟生命的价值。

老师说得确实没错，在中学的时候我再次读起这些书籍，我确实有了更深层的领悟。中学时候四大名著和八小名著成为了考试的常客。课业紧张的我们短暂的阅读时间只能再次捧起这些书籍品读。令人感到惊奇的是，我的疑虑似乎没有小学时候那样多了。

鲁迅《故乡》里的闰土似乎和祥子有着同样的改变，时代的变更只是"宫阙万间都做了土。兴，百姓苦，亡，百姓苦"。他们只是底层的劳动人民，他们像一只小船随着时代的巨浪起起伏伏不能改变时只能麻木。

"寻寻觅觅，冷冷清清，凄凄惨惨戚戚。"李清照先生与林黛玉可能是最相似的存在。他们都看似柔弱、敏感、婉约，但内心却都存着钢铁般的坚毅。"生当作人杰，死亦为鬼雄。"因为身为女子在那个时代下有太多的束缚，但是眼之所及尽是看不惯的事情。黛玉不满宝玉的花心，不甘寄人篱下，也不愿见到弱小花儿的折损。正如李清照不满赵明诚的出逃，不甘落寞一生，也不愿见百姓的贫苦。因为见得太多，想得太多，哭就成了黛玉唯一的控诉。

大学后的阅读自由了很多，我也走向了真正的阅读。

关于我的阅读缘由，说起来大家可能不信——一场梦。在我很小的时候我做过这样一个梦，梦里我是一个蹒跚老人的模样，颤抖地走在街上，忽然一辆车从我身边飞驰而过，一道白光射入我的眼帘，我知道我死亡了。我慌张地醒了过来，对于年幼的我来说，这无疑是恐惧且惊奇的。恍惚间我问自己，梦里的我死亡了，那现在的我是谁？

"我是谁？""我从哪里来？""我要到哪里去？"人类的发展无不是对这哲学三问的苦苦探究的结果，文学亦是如此。

年幼的我不太懂，直到我读到了"庄生晓梦迷蝴蝶，望帝春心托杜鹃。"那一刻，我感觉到，即使是相隔千年的文人之间也会有如此强烈的感情共鸣，原来两千多年前的庄子竟然和我一样有过梦我不分的时刻。从此之后我对探究人类本性的作品产生了偏爱。

近到中国的余华的《活着》、莫言的《生死疲劳》、路遥的《平凡世界》、贾平凹的《老生》、陈忠实的《白鹿原》，远到国外的雨果的《悲惨世界》、夏目漱石的《心》、芥川龙之介的《罗生门》、陀思妥耶夫斯基的《被欺凌与被侮辱的》等。无论看多少他人的读后感，我还是会坚定不移地在人性方面进行简单的分析，试图找到新的突破口。

我知道工作后的阅读不应再像大学时那般漫无目的，很庆幸我的职业与我的爱好正好可以相得益彰。孩子们就是未来，孩子的心理决定了他们未来的走向。我深深了解这一点，所以我去读了阿德勒的《儿童教育心理学》、简·尼尔森的《正面管教》、塞利格曼的《教出乐观的孩子》等。当然关于教育孩子的书籍在我的书架上也变得多了起来，杨连山的《做专业化班主任的 100 个怎么办》、魏书生的《班主任漫谈》、温儒敏的《语文讲习录》等，他们都在我的教学生涯中给了我不同程度的指引。

特别是《教出乐观的孩子》一书中，塞利格曼在书中提到的许多新概念都让我认同。也许大家不知道孩子情绪低落时候是怎样思考的，我们不能只去批评孩子的懦弱，而应该教育他面对事情如何积极思考。此时书写"ABC 日记"真的是最好的途径。我们带着孩子共同思考什么事情让你难过，它造成了怎么样的后果，重点是你是怎么样思考这件事情的。孩子在理性的分析让自己情绪失控的事情后，会重新整理心情，勇敢出发。看吧，这样一个小方法就可以在难过时控制好情绪。我最喜欢书中的大侦探"福尔摩斯"和"糊尔摩斯"的故事，我还在我的课堂上给孩子们绘声绘色地讲述过。难以想象，一年级的孩子们可以直接领悟到遇到事情要像福尔摩斯一样思考，寻找证据再下结论；不能像糊尔摩斯那样不思考。当孩子们用福尔摩斯的办法对待身边的事物时，我看到了他们的自信和坚持。

不知道为什么每个阶段都会有人问我，你为什么读书？从书里有可爱的卡通人的童真，到为中华崛起而读书拙劣的模仿，再到那隐隐的人性使我兴奋，最后我坚定地说出"读书真的会改变孩子们的未来"。我的阅读史也伴随着我精神的蜕变，那还在成长的思想等待着更多书籍进入我的生活。

书香里的锦瑟年华

黑龙江省哈尔滨市阿城区金河小学　刘畅

记得朱永新先生曾说过："一个人的精神发育史就是他的阅读史，而一个民族的精神境界在很大程度上取决于全民族的阅读水平。"作为担负着培养祖国下一代重任的教师来说，读书的意义更加不言而喻。

回望走过的如许光阴，总是伴着淡淡墨香，那被风吹起的页页芳菲，是记忆里最恬静的时光……

一、青青河边草　我在故事里长大

说起我与书的相识，应该是从母亲给我讲的儿童故事开始。母亲上学的时候喜欢语文，也算是半个文艺青年，小时候的我总喜欢缠着她讲故事。那些至今耳熟能详的童话故事，多数出自她的口中。可爱的小动物、勇敢善战的骑士、纯真善良的小公主……那一串串银铃般的小故事，敲开了我文学启蒙的大门，童话世界里的纯洁和美好，也构建了我对文学最初的向往。

上小学以后，读得比较多的课外书可能算是各种作文书了。读他人之文，长自身之才。虽然带着点提升写作能力的功利性，但这些作文书也能让我津津有味地读下去，并取得了些许收获。

那个时候的我最喜欢上的课就是语文课了，在老师充满感情的朗诵下，每篇课文都那么美、那么富有吸引力。在我的眼中，语文老师便是最有魅力的职业，也是从那时开始，我幼小的心灵里便埋下了做一名语文教师的理想……

二、小荷尖尖角　我有一个文学梦

我想，每名主动选择教师这一行业的人，在他的成长之路上，一定有一名对他影响深远的师者。我也不例外，在我上初中时，遇到了一位对我影响颇深的语文老师。作为退休后返聘回校的他有着丰富的教学经验，他的教学方法也很独特，在上他的第一节语文课时，我便深深痴迷其中。除了常规的语文课以外，他还经常有点"跑偏"地带着我们这些孩子参加各种他自己创编的小活动，看似毫无章法脱离课堂的玩乐，恰恰为我们积累了大量的素材，逐渐积淀成受用一生的语文素养。现如今，当我也成为了一名教师后，我逐渐体会到了那样富有感染力的语文课，来自教师相当深厚的语文功底和面对语文教学的自信和从容。他不拘泥于固定的教学模式，对语文教学有着自己的见解，敢于挑战权威，敢于特立独行。而作为教师，有的时候需要的正是那么一点"偏"，那么一点"特"。

在他的影响下，我对语文的热爱与日俱增，第一学期期中测试，便考出了语文单科第一名的好成绩。同时我对阅读的渴求也逐渐增加。记得老师会把学校阅览室的课外书借来发给同学们看，但他却不是简单地随机发放，而是根据每个同学的特点为大家推荐图书进行阅读。现在已经为人师的我才知道这叫"因材施教"，也可以用个洋气点的词：私人定制。他就是这样，独具匠心、充满耐心地施展他语文教学的魔法，点石成金，也让我的文学梦、教师梦的种子埋得更深了……

我还记得那时候老师发给我的是《简·爱》这本书，单看书名，无知的我竟以为是一本爱情小说。看了简介以后，才知道这是一本外国文学名著。那时的我虽不能完全感受到作品背后所蕴含的巨大的艺术魅力，但对于女主公对命运的反抗和追求自由的勇敢决心仍然能够感同身受。那时初离家上学的我，不免有些胆怯和孤独，这本书带给我的力量可想而知。长大后的我也逐渐明白老师为我选择这本书的良苦用心。

就这样，在老师的感染下和父母的支持下，大量文学名著走进了我青葱的中学时代。从鲁迅、冰心、老舍到高尔基、列夫·托尔斯泰、奥斯特洛夫斯基；这些中外文学大家的经典代表作带给我深深的震撼，虽然年少的我不甚能读懂，但润物细无声，它们为我的年少时光铺就了一层层的文化底色。

那时候除了阅读了一些名著以外，一些畅销的青少年读本也让我爱不释手。青春期的叛逆与伤感，在《花季·雨季》《男生贾里》《女生贾梅》《哈佛女孩刘亦婷》等书籍的阅读中逐渐沉淀，消散……这些当代优秀的青少年书籍，让我看到了改革开放以后80后一代成长的历程，让渺小的我认识到了世界的广大、时代的发展以及自己与在大城市中的同龄人的巨大差距，以及知识改变命运的永恒真理。

三、春光美如斯　正是读书时

二年高中生涯，每日相伴的大概只有做不完的练习册和卷子了，但我仍然在这一时期拜读了四大名著。对于伟大作品《红楼梦》，那时候掌握的语文知识有限，初次读来很多地方看不懂，尤其是里面繁多的人物极其复杂的人物关系让我一头雾水，再加上学业繁忙，只读了几回就将其束之高阁了。

繁忙的学习之余，偶尔放松时，《读者》《意林》《青年文摘》等杂志便是最好的枕边书了。那打动人心的名家名作、短小精悍的小品文苑、富有哲思的美文随笔……无不带我进入一个又一个美妙的世界，让枯燥紧张的学习生活流淌着阅读的愉悦。至今，我仍保留着阅读《读者》杂志的习惯，尤其是每当在旅途中，我都习惯买一本《读者》，带一杯自制的花茶，插上耳机，远离熙熙攘攘的人群，在音乐中徜徉于文字间，寻觅一方阅读的乐土……

高考结束时，我仍然不忘儿时的理想，毫不犹豫地在志愿表上填写了哈尔滨师范大学中文系的志愿。我如愿地考上了理想的大学，并就读了从小热爱的中文系。这时的阅读，不只是当作消遣，而是把它当成一门必修课。

记得刚上大学不久，学校建起了全新的图书馆。恢宏大气又古朴厚重的图书馆，完全满足了我的阅读需求。呼吸着自由的空气，或和同伴一起捧着书走在美丽的校园里，或泡在图书馆里读读写写，青春的美好不过如此。

泱泱文明古都，悠悠五千年历史，积淀了融会贯通的华夏文化，造就了灿若星河的国学经典。作为中文系的学生，我首先涉猎的自然是古典文学。从"关关雎鸠，在河之洲"的《诗经》，到"路漫漫其修远兮"的《楚辞》；从我们咿呀学语就背起的唐诗三百首，到时而婉约时而豪放的宋词；再到清丽典雅的元曲和包罗万象雅俗共赏的清小说……我徜徉在无穷的古典文学宝库中，吮吸着国学经典带给我的无尽甘甜。

除此之外，我也对之前忙于学业而遗漏的一些名著进行了补充，同时我还读了许多现当代文学作品。钱钟书、沈从文、张爱玲、萧红、林徽因、三毛、余华、刘心武、毕淑敏……这些大家的作品不但丰富了我的文学底蕴，更对我今后的人生观和价值观产生了深远的影响。

给我留下印象最深的就是三毛和张爱玲的作品。我佩服她们的才气，也感慨命运对她们的捉弄，不知道多少个午后和夜里，我的泪水洒在书页上。张爱玲作品中那些女性角色的遭遇令我动容，她自成一家的写作方式、遣词造句的能力让我奉为写作的教科书；而三毛从小到大的经历，她的洒脱、她的选择、她对自由与幸福的终生追求，更是让我流连、感动……而我身上留有的文艺青年气质，多半也是那时候的阅读经历造就的。

大学时我又重拾《红楼梦》，认真研读起来。果然这次读红楼，就真的爱不释手了。不仅我喜欢读这本书，寝室内的同学也都爱它。那时候的我被曹公笔下的十二钗和宝黛自由、纯粹的悲剧爱情所打动，常常因为读这本书而废寝忘食。当我看到这些少男少女在大观园里自在地吟诗作画时，我也欣然向往那无忧无虑的生活；当我读到林黛玉焚稿断痴情时，也随着黛玉而悲痛欲绝，痛哭流涕……那时候同样处在青春时期的我将《红楼梦》看成了一个理想中的伊甸园，一个歌颂青春不愿醒来的美好梦境。

不仅它深刻的思想内容让我沉迷，曹雪芹先生深厚的语言文字功力更是让人叹服。在小说中作者幻化成众多性格各异的角色，根据个人不同的经历、喜好写出代表每个人独具特色的诗词作品。在海棠社中，众人一展才华，对盛开的菊花进行不同角度的咏叹，却都充分显示了大观园每个主人公的个性。"泉溉泥封勤护惜，好知井径绝尘埃"是贾宝玉作为封建男权社会的主人对各阶级女性尊重和爱护的写照；"黄花若解怜诗客，休负今朝挂帐头"将宝玉对黛玉的一片深情跃然纸上；我们在"萧疏篱畔科头坐，清冷香中抱膝吟"的句子中仿佛看到了那个不拘礼法，随性大方的史湘云；"高情不入时人眼，拍手凭他笑路旁"不正是探春不甘平庸、志存高远的最好表现吗？"满纸自怜题素怨，片言谁解诉秋心"即使不看名字，也能猜出这是黛玉感怀身世，自我怜惜的肺腑之言……这样的例子在《红楼梦》中不胜枚举。无论是其中的诗词歌赋还是白话俗语都让我百读不厌，阳春白雪与下里巴人在一部作品里得到充分的融合。我还阅读了一些红学评论的著作，如《刘心武解读红楼梦》、张爱玲的《红楼梦魇》等，帮助我更好地理解这部作品的丰富内涵。《红楼梦》让我感受到祖国传统文化的无穷魅力，提高了我的文学素养，也丰富了我的文化内涵。

大学以来，我对诗词的兴趣也逐渐增强，我开始阅读诗歌赏析类的书籍。如：《唐诗三百首》《苏轼词选》《人生若只如初见——唐诗解读》《思无邪》《安得盛世真风流》《当时只道是寻常——纳兰容若词解读》等近十本诗词类评论的作品。直到今天，我仍然保持着对诗词的爱好，如正在拜读的《毛泽东诗词欣赏》，2018 年去南京旅行期间，我特意买了一本《南京历代经典诗词》，在旅途中，读着这本书，仿佛与这种六朝古都更近了……

除了读书以外，我还养成了记读书笔记的好习惯。从基本的摘抄到简短的感悟，再到在书上做标记，乃至书写独立的读书心得……望着书架上厚厚的一摞读书笔记，阅读赐予我的收获不但静止在笔记本中，更融入了我的生命里，带我走向更加光明的人生旅途……

读万卷书，行万里路。在假期里，我喜欢带着书籍去旅行，而不论去哪里旅行，我最喜欢到名人故居和与文学作品相关的纪念馆。记得我曾经带着《呼兰河传》前往萧红故居，实地感受那个萧红童年时的天堂，也曾特意去了位于道外区萧红曾经寄居的小旅馆；去青岛时我特意去了老舍故居；去南京当然也去了和曹家有关的江南织造博物馆；而去上海的第一站我便选择了位于城郊的大观园景区……实地寻访，让我对文学作品有了更深入的理解，仿佛自己也成为了那些主人公的朋友、知己……

四、问渠那得清如许，为有源头活水来

再次拾起《红楼梦》是在参加工作以后，这时的我，不仅已成人妻，更成了一名小学教师。此时此刻再读红楼，则有了新的体会，《红楼梦》对我而言，不仅是心灵上的秘密花园，更是现实生活中的指路灯、启明星。

大家知道，《红楼梦》里的主人公是一群十几岁的正从童年过渡到青少年的孩子们，林黛玉进贾府时才不过八九岁而已。他们在青春的大观园里写诗绘画、嬉笑打闹，生活得不亦乐乎，即使犯了错也不过孩子的天性所致，无心之过。如今三十而立的我已经远离天真烂漫的少年时代，但作为一名教师，我时常在想，我每天所教的孩子们不是和大观园里的孩子们年纪相仿吗？读了《红楼梦》以后，我更加理解了所谓童年的纯真与青春的叛逆，也能设身处地从孩子的角度思考问题，尽量想办法让学生如同在大观园里写诗一般，每个人都能因兴趣而学，自愿而学，而不是一味要求孩子只要成绩和分数，束缚孩子的天性，如果那样，我便和《红楼梦》里道貌岸然的贾政无异了。于我而言，这便是《红楼梦》最好的现实意义。

工作以后，我除了根据兴趣和专业选择图书以外，更有倾向性地选择一些教育类专业书籍。这一时期我涉猎的图书范围也更宽更广了。

从学校推荐的《斯宾塞的快乐教育》《读书是教师最好的修行》等教育类书籍以外，我还自主购买了《36节电影课养成好习惯——新教育〔每月一事〕电影用书》《听，学生在说》《新教师教育教学技能指导》等教育书籍，有效地指导了我的教育教学工作。

做了道德与法治学科教师后，我认识到这个学科涉及的知识相当广泛，尤其要求教师有相当丰富的文史类知识。为了进一步丰富我的文化底蕴，我还读了诸如《北大授课——中华文化四十七讲》《袁腾飞讲历

史》《明朝那些事儿》《我们台湾这些年》等专业性书籍。

从事少先队辅导员工作以来，为了提升自己的政治素养和少先队工作业务水平，我阅读了《从怎么看到怎么办》《习近平用典》等政治类书籍，并订购了《辅导员》杂志。为了更好地完成学校的宣传工作，我还购买了《大师们的写作课》这本书，帮我进一步提升了写作能力。这些专业化的阅读使我很快适应了新的工作岗位，更好地完成了本职工作。

随着阅读的深入，业余时间我选择的书籍范围更广了，但仍然更倾向于古今中外名家的作品，如《浮生六记》《声律启蒙》、川端康成的《雪国》、余秋雨先生的《文化苦旅》《行者无疆》、史铁生的《我与地坛》、汪曾祺的《人间草木》、新生代作家葛亮的《北鸢》，以及王小波、张晓风等作家的作品。

最近，我有幸加入了阿城区修能读书会。我相信在专业的引领下和同人们的共勉中，我将进入新一阶段的读书历程。对此，我很期待。

读书的好处在此不想赘述了，限于篇幅，我只想最后谈一句：国色天香是墨香。希望我们能从信息爆炸的快餐时代中抽离出来，在开满鲜花的阅读之路从容地走下去，做诗书藏于心的教师，做不畏岁月的生活家，做眼中有光、心中有爱、灵魂有香气的前行者……

悄然萌芽，书卷飘香

黑龙江省哈尔滨市阿城区和平小学　张书丽

小时候家里有一个放杂物的房间，我最喜欢一个人到那间屋子去，屋子里有几个箱子，里面是一本本厚厚的书，和我平时读的儿童画报不一样，上面有许多我不认识的字，我边猜边读，常常一个下午的时光就这样悄悄溜走了。就这样，阅读陪我度过儿时暑假的午后时光，成为我一生的朋友。

一、悄然萌芽于心间的种子

父亲是一名小学教师，家里的书桌上摆满了他的课本、教参、教案、工具书等，父亲备课时我也拿纸笔在旁边瞎写瞎画一气，父亲完成工作后就随手教我认几个字，得益于此，竟也认得了一些字。每个月父亲都会带回《幼儿画报》，渐渐地我从只能看图到了图义并识的水平，虽然有些字还是不认识，但也能把故事读个大概，那时觉得识字真好，我可以自己读书上的故事了，一颗爱阅读的种子悄然种在我幼小的心间。

那时还没有上学的我最盼着新学期开学，因为每到这时候父亲就会带新书回家，虽然只是基本教材教辅资料，但对于童年的我来说那就是一大笔新财富，迫不及待地翻着，翻到哪页就随心情读一读，我这个"白字先生"经常把母亲逗得哈哈大笑，父亲笑着纠正我的错别字，有时领着我一起读一读。就这样，我认识了书中卷着头发的美丽的卖火柴的小女孩，认识了躲在角落里偷偷给爷爷写信的鞋店学徒凡卡，还有称象的曹冲，去寻找母亲费尽心血织就的壮锦的三兄弟……

后来，每学期开学父亲都会带回一本《好伙伴》，其实用现在的标准来看就是一本和教材内容配套的课外阅读，但当时确是我最好的好伙伴，我贪婪地阅读着，慢慢发现书中的文章和课本中的似乎都有关联，要么都是同一人物的故事，要么就都是写景色的文章……我开始尝试思考。此时阅读的种子已悄悄萌芽。

二、打开一扇看见不同世界的窗

渐渐地，父亲教科书上的文章不够我看了，《好伙伴》也成了老伙伴，这时无意中发现了仓房中装书的箱子，那里面是父亲中师函授的教材，于是知道了在旧社会还有一群被工头称作"小猪"的小姑娘，她们是"包身工"；读到了鲁迅的《记念刘和珍君》，当时懵懂地觉得文章里的一些词语怎么怪怪的？好像说反话，后来才知道，那种修辞手法叫作"反语"。

看《李太白诗集》，读《蜀道难》不懂浪漫主义手法，更别提律体与散文间杂的文句参差，笔意纵横，豪放洒脱，一唱三叹，回环反复。抱着字典查半天才能把诗句读下来，诗句中好多词语的意思不能理解，但却记住了"蜀道之难，难于上青天""一夫当关，万夫莫开"，体会到蜀道峥嵘，突兀崎岖的奇丽惊险和不可凌越的磅礴气势。

读《沁园春·雪》，毛泽东主席对祖国山河的壮丽感叹引出秦皇汉武等英雄人物，从纵论历代英雄人物，抒发伟大的抱负胸怀不能充分理解，不懂"山舞银蛇，原驰蜡像，欲与天公试比高"的动态描写，但"千里冰封，万里雪飘"用以形容冰天雪地、广袤无垠的北国雪景、银色世界，"红装素裹，分外妖娆"雪后的红日与白雪交相辉映的艳丽景象却记在心里。

读到"生当作人杰，死亦为鬼雄"时觉得李清照必是一位提刀佩剑能上阵杀敌的伟丈夫，不肯相信这是一位婉约派代女词人的诗句。

那时的我渐渐长大，对于书有读无类，能读懂，读；读不懂，也读。知道的知识越来越多，心中疑惑也渐渐多了，书为我打开了一扇看世界的窗。

三、学会从不同视野感受文学作品的魅力

父亲是我读书路上的第一位领路人，表姐则是第二位领路人。就读于师范专科学校中文系的她从学校的阅览室借回了许多书，《呼啸山庄》《钢铁是怎样炼成的》《红楼梦》……表姐带回了更适合还是小学生的我阅读的书，她给我推荐的第一本就是《呼兰河传》。之前就知道萧红是从哈尔滨走出的著名女作家，书还没读已心生向往。萧红用儿童的视角写作，而我正是儿童的年纪，书中那下大雨就会出现的"大泥坑"在我家旁边也有，不过就是小得多，不会有骡马摔倒在里面，但有时会困住小鸡；"跳大神"看病也常听奶奶们说起过；没有"团圆媳妇"这种说法了，但书中王大姑娘自己做主嫁给了冯歪嘴子，违背了"媒妁之言"的封建传统，这样类似的事情生活中还有，哪家的姑娘和人私奔也会被街坊邻居们说好多天。呼兰河边萧红家菜园里种的黄瓜和我家的一模一样，天上的火烧云颜色也一样，我在书里感受着萧红文字的玄妙，把生活中那些常见的东西写得活灵活现、生动有趣，有些人和事又让人读起来时而

气愤，时而心酸。

我也开始看期刊《读者》《青年文摘》《意林》，我在这些优秀期刊里看到不同风格的文章，就这样阅读伴我从小学到初中、高中。

在哈尔滨学院读书时，经过了高考的洗礼，课余时间多得让人不知道干什么好，这时好朋友向我介绍了一位杰出的作家——路遥。一共三部的《平凡的世界》是在宿舍熄灯后拿着手电一口气看完的，路遥用温暖的现实主义的方式来讴歌黄土地上普通的劳动者，他们生于苦难、长于苦难，把苦难转化为前行的精神动力，他们克服重重困难的美好心灵与坚韧不拔的奋斗精神让我肃然起敬。作品中的主人公孙少安、孙少平是挣扎在贫困线上的青年人，但他们自强不息，依靠自己的顽强毅力与命运抗争，追求自我的道德完善。当年初读时一直为少安因现实不得不放弃润叶的意难平，为少平与晓霞的阴阳相隔而痛心；当我十多年后再一次读这部作品时感受到少安放弃润叶，这何尝不是他成长的苦难，使他成为立足于乡土矢志改变命运的奋斗者；晓霞对于少平更是精神引领者，是晓霞让少平成为拥有现代文明知识、融入城市的"出走者"，晓霞的牺牲是少平的苦难，也促进他成长。路遥通过文字表达的精神内涵，不正是中华民族千百年来"自强不息、厚德载物"的精神传统吗？

四、做学生阅读的领路人

读书是不断充实自己的过程，是不断学习的道路。在这条路上，中国作家莫言获得了诺贝尔文学奖，让史书永远镂刻下他的名字；在这条路上，中国"神舟"五号载人飞船成功发射，圆了十几亿中国人飞跃太空的梦想；在这条路上，中国的北斗导航系统成为联合国卫星导航委员会认定的供应商。奥斯特洛夫斯基在《钢铁是怎样炼成的》一书里写过这样的话："人的一生可能燃烧，也可能腐朽。我不能腐朽，我愿意燃烧起来。"生命不息，学习不止，这是人类收获成功的真谛。我也把对图书的热爱传递给我的学生，当阳光展露笑脸，学生背着书包走进和平小学的校园，"新教育"诵读叩响了一天学习生活的大门。阅读中我带领学生一起看万紫千红的春天，看苍翠欲滴的夏天，看五彩斑斓的秋天，看晶莹如童话世界的冬天；带着他们品味李白的浪漫，苏轼的豪放，冰心的博爱，朱自清的深情。在书中感受秦时的冷月，大唐的盛歌，宋词的长短句的韵味，明清小说里的世事沧桑。

我期望我的学生的生命中会因读书而精彩。刚入学时我领着他们读《三字经》《弟子规》，给学生介绍涵盖历史、天文、地理、道德以及民间传说，在诵读中体会中国传统文化中对于"仁义礼智信"的理解。随着学生年龄的增长，我和学生一起阅读。我为他们推荐的书籍，变成了厚厚的小说，内容由清新变得沉重。《枫林渡》里在乡下和奶奶相依为命的蓝蓝被妈妈接回城里后住进了外婆家的市长小院。城乡之间、市长小院和大杂院之间的沟壑，摧毁了尊严，撕裂了亲情，而文中两个可敬的老人——奶奶和外婆让人感受到人性光辉，让故事有了光亮和温暖。油麻地里的《草房子》是一个美好的所在，桑桑、杜小康、秃鹤、细马……这些少年与厄运抗争的悲怆，对尊严的坚守，对世间真情的渴望与珍惜感人心魄。我们既在马小跳的活泼淘气、嬉笑怒骂中感受少年的无忧无虑，也在沈石溪的动物森林里冒险，《斑羚飞渡》《鸟奴》《狼王梦》等一系列故事，让我们感受到大自然并不都是青山绿水，弱肉强食的故事天天在上演。面对人类的强大，动物是如此的软弱，它们对生存是多么无奈与挣扎。让阅读净化心灵，让学生懂得，这世间还有冷风凄雨，需要大家雪中送炭，雨中撑伞。把阅读这颗种子根植于学生心间。

"问渠那得清如许，为有源头活水来。"教师的职业特点决定了我们只有通过读书，不断地进行"充电"，才能使自己的职业生涯拥有源源不断的"活水"。"修能读书会"为我架起一座桥，我知道这一路书卷飘香，有爱读书的伙伴与我同行！

伴着墨香，心中的花静静绽放

黑龙江省哈尔滨市阿城区建设小学校　王佳

说到自己的读书史，心里是有些惭愧的，每一天能监督自己的学生读书打卡，自己读书的时间，真是不及学生们，我曾经给自己的阅读时间定在每晚睡前的半小时，有时也总有各种理由就不读了，断断续续中，透着的都是"懒惰"。非常有幸，有机会参加了"修能读书会"，提起笔写自己的读书史，静心回想，思绪飘向远方。

一、无忧无虑的童年时代

我常常跟女儿说，你是幸福的，妈妈能给你买这些你想要读的书。我的童年，是"小人书"的时代，小人书中，字少图多，那时我的阅读书目，取决于哥哥爱读什么书，一本书，两个人换着读，《岳飞出世》《小兵张嘎》等。其中我最喜欢读的是《聪明的一休》，一休哥，当时是很多孩子的偶像，他古灵精怪，聪明伶俐，甚至有的孩子故意让妈妈剃光

160

头，遇到问题就像一休哥一样，打坐在地上，两个手的食指在太阳穴旁边旋转，嘴里哼哼着：咯叽咯叽……我们爱你……咯叽咯叽……聪明伶俐……童年无限好。

二、积极向上的青年时代

初中，我遇见了人生阅读经历中很重要的人，我的初中语文老师——夏老师，在夏老师的引领和指导下，我开始阅读一些名著：《西游记》《三国演义》，当时，没有读完《水浒传》，因为很讨厌宋江这个人物，总觉得英雄好汉都被他给害了，果断放弃阅读了。多年后，再读《水浒传》，除了唏嘘各路英雄的结局，也慢慢理解了宋江的用心良苦。《呼啸山庄》，是英国文学史上"最奇特的小说"，现在回想，当时吸引自己的，除了经典的人物塑造和曲折的故事情节之外，更让人难忘的是一批经典的名句，"只有孤独才是真正属于自己一个人的""时间会让人听天由命，也会带来比快乐更甜的忧伤。"中年时期再咀嚼起来这些话的含义，还是能让自己的内心泛起涟漪的。初三那年，懵懂的我开始阅读各种人物传记，其中，《居里夫人传》影响比较深刻，除了为她造福人类，解决科研难题的崇高理想而感到佩服之外，更看到了居里夫人作为普通人的一面，他家境并不富裕，主动去做家教，这种积极向上的精神，值得每一个年轻人学习，也同样鞭策着我自己。作为从大山里走出来的孩子，初中开始，就开始着寄宿生活，在阅读各种人物传记的时候，总能鼓励自己，百尺竿头更进一步。我想，这就是阅读的力量，给人战胜困难的勇气，给人思想的引领。

三、意气风发的师范读书时

1999年，我上了师范学校。学业越发紧张起来，能静下来读书的时间很少，这段时间读的最多的是各种短篇小说，比如《故事新编》《欧·亨利小说集》《契诃夫短篇小说集》《莫泊桑中短篇小说选》等，还有各种期刊，《青年文摘》几乎是期期都读。师范学校上学时期，我抽空断断续续读完了《红楼梦》，把书里各种诗词统统都抄录下来了，最爱里面的《好了歌注》，"陋室空堂，当年笏满床；衰草枯杨，曾为歌舞场。蛛丝儿结满雕梁，绿纱今又糊在蓬窗上。训有方，保不定日后作强梁。择膏粱，谁承望流落在烟花巷！乱哄哄你方唱罢我登场，反认他乡是故乡。甚荒唐，到头来都是为他人作嫁衣裳！"短短百余字，道尽命运弄人，人生无常。此外，蘅塘居士的《唐诗·宋词·元曲》也是我的案头常驻读物。相比情节丰富、字数可观的小说，短小精致的诗词更适合间歇小读，且读诗足以怡情，其怡情也，最见于独处幽居之时。当我抱怨幢幢高楼让人心越发疏离时，熙熙攘攘挤压得心灵喘不过气时，也忽视了许多无处不见的细致美好，于是那个九岁失明的周云蓬写道："那便是春天对于我们的责备，责备我们错过了路上的芙蓉花和紫云英，责备我们昏昏沉沉地追求所谓幸福，却不敢、不愿承认，自己早已在一片麻木里丧失了灵魂。"闲暇之时翻翻诗词，总能轻易窥见一番别有洞天，不时提醒自己不能沉沦庸碌，遗失本心。

四、走向成熟的工作后

2002年，我参加了工作，次年，我的女儿出生了，接下来的三年里，我基本都是阅读教育孩子一类的书籍，其中我撰写的《走在孩子的后面》还在区工会组织的征文比赛中获奖。当时，赠送获奖者一年的期刊《妇女之友》，我也认真地阅读完毕。那时，由于经济条件的限制，在买书上花费的钱，少之又少，能获得赠书，真是无比兴奋。此后，孩子大一些了，我读书篇目多以自己喜欢的小说为主，李碧华也是我非常喜欢的女作家，她笔下的爱情都瑰丽莫名，各种痴男怨女、悲欢离合常让我唏嘘不已。琼瑶的各种书籍当时也是我的最爱，现在回想，那时的自己，心里还有一颗少女的心，对人生和爱情，都有着纯粹及美好的憧憬。随着时间的推移，心境的不同，读的书也不一样了，我还读过沈从文的《边城》，书中的主人公翠翠，从一出生，父母相继去世，作为畸形恋情的产物，翠翠的一生注定是悲剧。当然，能让自己坚持把这本书读下去的原因还有一个，就是喜欢书中那个边陲小镇，人生要是能在那个淳朴的世界里生活，何尝不是一件乐事？在女儿五岁之前，我还有一阶段的读书是这样的，先看剧，而后读书，因为电影展示的情节，总是感觉不是很过瘾，看完《霸王别姬》，为张国荣的精湛演技折服，而后读了原著，印象最深的是程蝶衣对段晓楼说的"说的是一辈子！差一年，一个月，一天，一个时辰，都不算一辈子"；还有《青蛇》中青蛇痛斥的"我来到世间，为世人所误。你们说人间有情，但情为何物。可笑，连你们人都不知道"的悲欢离合，陪我度过许多辗转反侧的夜晚。

随着自己教龄的增长，时代对教师的要求越来越高，我也开始阅读专业提升的书籍。在同事的带领下，开始订阅《小学语文教师》，并认真阅读，摘记。可能这本杂志是跟自己的专业有点瓜葛吧，看得特别仔细。因为我对心理健康教育专业很感兴趣，就报考了这个专业。其间，学习了大量关于心理学的书籍。比如，《教育原理》《普通心理学》，在自己的班主任工作中，感到还是非常有用的。当新教育的风，吹向每一位教师的心里，我也开始阅读《过一种幸福完整的教育生活》《做一个幸福的教师》《追寻理想的教育——新教育实验手记之二》等书籍。其中，读完朱永新老师的《过一种幸福完整的教育生活》，让我更加坚定要过这种幸福完整的教育生活。目标树立起来了，行动也就开始了，有行动，才会有收获。

朱永新老师的书，在这几年，我读了一些，其中《梦想因阅读而生》让我最为受益。读后，更加坚定我和学生们坚持阅读的决心，朱老师告诉我们，时间抓起来就是黄金，抓不起来就是流水。阅读不一定能延长生命的长度，但一定可以拓展生命的宽度，增加生命的厚度，提高生命的高度。阅读是自我建构知识体系的过程。阅读能力形成，可以更有利于一个人进入未知世界探索；不一定能实现我们的人生梦想，但一定更接近人生梦想。读书，是培养一个人心平气静的最好路径。浮躁的人是读不进书的。专注精神是阅读需要的状态，它也只有在心平气静时才能够做到。书读多了，世界就变得更大了。无论在什么时期，我们都可以开始阅读；无论在哪一个阶段，我们都有能力改变自己。

在打造书香校园的过程中，亲子共读，让家长的童年被唤醒，并与孩子的童年发生共鸣。创造种种条件，让孩子带着感情学习，兴趣盎然地学习，才是帮助他们提高学习效率的有效手段。

我们相信主动阅读，头脑会像一个聚焦灯，会自觉梳理阅读内容，把握内在逻辑，厘清各种关系。提出问题，是主动阅读的办法，会让阅读更有方向。我将做一名有心的教师，认真阅读教育的重要著作，汲取不同时代教育家的精神力量，我相信，参加"修能读书会"是自己主动阅读的一个起点，绝对不是终点。

阅读的路上伴着墨香，我们心中的花静静地绽放……

读书传承美好

黑龙江省哈尔滨市阿城区和平小学　刘崴

"书犹药也，善读之可以医愚。"想拥有智慧，就不能不读书，因为书是历代智者智慧的沉淀和积累。

很幸运，我是一个爱读书的人。在童年时代，书籍就向我展示了它的精彩和博大。后来，我走上讲台成为了一名人民教师。读书就不再仅仅是我的个人爱好，更加是我的工作需要了。

在我的学生时代，我常常会抱着一本书在教学楼前那浓绿的葡萄藤架下贪婪地阅读，也常常一个人坐在操场边的长廊下边看边想，有啾啾鸟鸣在侧相伴，回忆起来依然是那么的自在与惬意。读书给我少年的心带来的是淡定和理智，让我学会带着善意的批判去看世界。

我喜欢鲁迅、老舍、叶圣陶……在他们描绘的那些陈年旧事中，常让人觉得有一点温柔、一点伤痛、一点追思、一点伤怀。而像《孔乙己》《骆驼祥子》……又带着悲悯、带着伤感，又带着悲愤。鲁迅的杂文，却是刻骨的犀利，谁也比不上。"好读书、读好书"让我的人生受益匪浅，丰富了见识，提高了鉴赏力，写作水平也得到了提升。在我读过的书中，有众多的智者圣贤，给我的人生升起了盏盏指路的明灯，让我知道如何去做一个合格的人……

师范毕业后，我走上了工作岗位。作为刚从菁菁校园走出来的我，对教学是生疏而陌生的。身边的前辈老师们给我许多无私帮助，但依然觉得自己欠缺很大，对做好教育工作没有底气。这时，一众书籍帮我打开了新知识的大门。苏霍姆林斯基的《给教师的一百条建议》《如何做一名优秀的班主任》《教师的专业化成长之路》等书籍报刊让我爱不释手，它们开启了我的教育智慧，提高了我的教学水平，让我的教学变得游刃有余。

读书改变了我，同时也改变着我的教学。除了我自己不断通过书籍"充电"外，我也引领我的学生投入广阔的书海中。小学阶段是学习的起始阶段，是"一张白纸可以画最新最美图画"的良机。为培养学生阅读习惯选择的就是绘本。

低年级学生识字量少，面对长篇的文字，容易产生恐惧及排斥心理，他们更喜欢色彩鲜艳的图画，通过欣赏一幅幅精美的图画去读懂故事内容。因此当各种各样的小动物、花草树木被色彩鲜艳、活灵活现地展现出来，演绎着一个个生动的故事时，他们更是爱不释手。他们阅读色彩鲜艳、情节生动的图画书，好像将自己置身于书中的情境，与主人公共同演绎着一个个有趣的故事。这样，学生的阅读兴趣增强了，能比较积极主动地、轻轻松松地完成阅读，快快乐乐地走进文本。例如，曾获"最美的德国图书"奖的绘本《第五个》，讲的是五个残缺不全的玩具的故事。画面单纯而精致，看上去又富于变化：冷暖色调的变化烘托出玩具们害怕和高兴交织的心理，整齐又随意的线条暗示着它们等待中的心绪不宁等，从而吸引了低年级学生的阅读兴趣。

不谙世事的他们对长篇大论灌输式的道理，既不感兴趣，也接受困难。那么如何让学生深入浅出地明白人生道理，绘本提供了最佳途径。因为绘本的作者往往在简短的篇幅中，展现一个完整的故事。这个故事既让学生感到快乐有趣，又充满了深刻寓意。如《小鸡真开心》让小学生真切地感受到有朋友真好；《鲨鱼车》则告诉涉世未深的孩子们要友好地对待周围每一个人；《白云枕头》告诉学生朋友间应该友好相处；《两个秘密》告诉学生邻里之间要互相关心和帮助……故事讲的是道德层面和价值观问题，但表达一点也不生硬。在阅读的过程中，我们不需要将主题提炼出来灌输给学生，而是让学生在阅读（听读）的过程中，自己慢慢感悟。这样的绘本，对低年级学生而言，一次阅读，就是一次心灵的"盛宴"。

尽管绘本的阅读不分年龄层，哪怕是成人，从绘本中一样可以读出不一样的东西。但是对于学生在度过了阅读习惯初期之后，还是要引导学生更广泛的阅读。进入三年级，学生的识字量达到一定的程度，我便给学生推荐书籍进行阅读，同时在班级中开展了"百日阅读活动"，即每一百天算一个阅读周期，每天坚持读书半小时，由家长监督并拍照上传至班级群及家长朋友圈。这样既由家长监督了学生的阅读，又反映出家长对孩子读书的关注度。如今这样的活动一直在坚持，而且每个孩子坚持到一百天都可以得到一本书籍作为奖励。

当读书的习惯慢慢养成之后，我又建议学生每人坚持写读书笔记。我们的读书笔记很简单，就是横开的作文本，一天一页，首先抄写当天阅读中读到的优美的语句或者触动你的语句，然后写下自己的感悟。一开始学生们抄写得多，感悟得少，有些孩子甚至摘抄都写不了多少，但是随着时间的推移，慢慢的你会发现学生的眼光越来越独到，不仅摘抄的语句质量上乘，而且读书之后的感悟更是深刻。不仅养成了读书的习惯，更养成了边读边思的好习惯。为了让学生尽快熟悉读书笔记的操作方法，同时能够更积极地主动进行读书与思考，我要求学生写读书笔记的同时，自己更是身体力行坚持写读书笔记，并在教室后边与学生的读书笔记一起展览，那里便成了课间孩子们流连忘返的圣地。

尽管如此，到了高年级我仍发现一个问题：学生的阅读能力与解决生活中实际问题的能力是脱节的。他们不会运用读过的故事去说服别人，不懂得从名人传记中总结主人公成功的原因，以此来帮助自己面对学习和生活中的困惑，更不懂得把生活中发现的感兴趣的问题与自己阅读过的书籍相联系，寻找它们的内在关联，解决心中疑惑。这也许就是所谓的"死读书"。看到学生虽爱读书但还没有感悟出书籍给予自己的真正力量时，我就思索着该怎样引导学生活学活用。首先我把学生平日到下课时提出的一些比较有趣的问题归纳到了一起，让每个人任意选择研究题目，并用自己读过的书来帮助同学们解决这些困惑。这几个问题是：

1. 在胡萝卜、番薯、洋葱这些名字中，第一个字都表示它们是从国外引进来的，为什么不是同一个字呢？

2. 在课堂上进行小组合作学习时，嘲笑同学胖，不愿意合作。

3. 姥姥看我在家里闲得瞎折腾，说我待得五脊六兽的！这是什么意思呢？

4. 富兰克林的头像为什么会印在 100 美元上？

……

这些问题涉及历史、艺术、商业等多个领域。学生在选择了自己喜欢研究的问题之后，就开始了广泛阅读。两周之后，他们进行了精彩的汇报：

有的孩子说自己对同学之间相互讽刺的情况很关注，因为她是班级干部，认为同学之间应该和睦共处，决定探索"嘲笑同学胖，不愿意合作"这个问题。她努力回忆自己看过的书，提到同学有缺陷的有三本：《苏珊的帽子》《草房子》《窗边的小豆豆》，这三本书是不同国家的故事，不同的态度也导致了不同的结果。她想让全班同学都看看这三个故事，分析哪种对待有缺陷同学的态度是正确的，是对班级和谐有帮助的。

研究五脊六兽的孩子说他以这个词为中心点，与之相关的视频书籍都找来看看，知道和建筑有关后，便重点读相关书籍中与房脊的章节，并做好记录。后来明白五脊六兽虽然本来指的是古代屋脊上小兽的塑像，多形容人呆板地坐着。但姥姥实际上说我太活泼，又因为没什么事干太能折腾，就像屋脊上的小兽一样张牙舞爪。

研究胡萝卜、番茄、洋葱的孩子更是翻阅了大量的历史典籍了解到汉代引进的叫胡，明代引进的叫番，民国时期引进的叫洋。

富兰克林的头像之所以被印刷到美元上，那是因为他对国家做出了杰出的贡献。

在学生汇报时，我让其他学生认真倾听并做了记录，并交流自己通过阅读解决问题的方法。于是对比阅读、爆炸式阅读、立体式阅读、开放式阅读的名词应运而生。相信以后的他们一定会在书籍中汲取更多营养，在阅读中保持求知热情。

当然任何习惯的养成都离不开环境氛围的熏陶，阅读尤其如此。所以我不仅仅引导学生读书，同时给家长推荐了自己认为较好的优秀书籍，让家长有目的地引导孩子读好书，让家长伴着孩子在书香中一同成长。雨桐的爷爷、王思文的姥姥也为孩子收集了文章亲自送到我手上。李欣桐的妈妈曾在给我的微信留言中这样说："刘老师，说心里话，真的，我很感谢您把孩子们带入了文学的殿堂，让他们在那里汲取知识的营养，滋润他们一颗颗幼小的心灵。"虽然现在有些孩子还弄不明白文章所蕴含的哲理，但中国博大精深的文化已经在孩子们的心灵深处留下了深深的烙印。对于这些独生子女来说，从小都是娇生惯养，在生活优越的环境中长大，体会不到生活的艰辛。通过阅读这些文章，让他们慢慢领悟人生，把握自己前进的方向吧……看到这封信，我常常会想，作为老师，自己的思想和行动能得到家长的认可和支持是多么重要。

很遗憾，去年的一场大病让我休息了近一年，与学生的读书之约暂时搁浅，但是手术之后，陪伴我的、给予我力量的就是那一本又一本的书。它们告诉我面对生活的风浪，微笑是最有效的回击，面对短暂的困难，挺起胸膛是迎接幸福的姿势。感谢阅读带给我生命的回馈，感谢书香一路伴我成长。我会继续坚持去读好每一本对我人生有益的书，也会把热爱读书的好习惯传递给我的学生，让书香去滋养他们美丽的人生。

此生必与你同行

黑龙江省哈尔滨市阿城区继电小学　刘萧萧

　　读书对于每个人来说都不陌生，从小到大耳边总是萦绕着关于读书重要性的话语。母亲口中朴实的"要好好读书"是儿时对读书最初的了解，那时并不知道读书到底有什么意义，也不知道怎样读书。记忆里在我小的时候是没怎么读过书的，也就是说没有阅读启蒙，这个小时候应该追溯到没上学之前。那时候的农村孩子都是放任自流的，我那时连字都不认识就无从阅读了。可是每天疯玩的时候母亲总是会念叨几句："以后你要好好读书，才能有出息。"从那时起，读书这个词深深烙印在我心中，小小的我明白了一个道理——读书才能有出息。上学以后才知道，这句话应该是"知识改变命运"，这就更让我坚定了"读书是一件非常重要的事，要一直读书"这样的信念。

　　小时候家里不是很富裕，除了语文课本外我没有其他的书可读。每学期只要新书一发到手里，我就迫不及待地读起来。语文书中一篇篇的文章对我都充满吸引力，透过这些文字我才能看到这个山村之外广阔的世界，缤纷多彩的生活，这些无不令我无限向往，更坚定了我要努力读书考上大学的想法。还记得语文书中的很多文章，《小猫种鱼》《王二小》《狼和小羊》《司马光砸缸》《狼牙山五壮士》……虽然过去了二十几年，可是这些文章却清晰地印在脑海中，因为这些故事中的主人公都是儿时最熟悉的伙伴，让我学会了很多道理。那时候真的喜欢课文中的这些故事，甚至上课的时候还忍不住偷偷翻到后面读一读，心惊胆战地读着，被老师点到名字时吓了一跳，被批评一顿。现在回想起来还忍俊不禁，相信很多人都做过这样的事情。除了语文书，我还很喜欢读思想品德课文、技术等，我还会向高年级的姐姐借一些他们的教科书来读。那时候想知道很多事，发现自己不懂的东西很多很多，总觉得心中有很大一片空白的地方，就像一个饥饿了许久的人，而读书就像人间美味一样填充了我的内心。现在想想，正因为我这样喜欢读书（读的都是教科书），想法比同龄的孩子要成熟，成绩才会名列前茅。到了高年级的时候，在同学家里看到了《格林童话》《安徒生童话》这样的书，喜欢得不得了，却也没有让妈妈去买，同学不舍得借给我，为了能够读那些童话故事，我一有时间就会跑到同学家里一股脑扎到书里，现在似乎还能感受到当时读童话书时的那份喜悦和激动。那时候我因为有的故事结尾不圆满还哭过，扬言以后要当一个童话家，就写幸福的故事。这些童话故事让我爱上了写作，喜欢在一个小小的日记本上写下脑中那些关于童话故事的想象，幼稚却很美好。读书的力量总是神奇，它会让我们不知不觉喜爱上文字，用文字表达感情。

我这人喜欢读书，而且喜欢的书总是会反复读几遍，怕没读懂，更是怕忘。说到这，我很想谈谈我的母亲，她是我儿时读书的启蒙者，不仅仅是她总念叨的那句"要好好读书"，更是因为她对书的热爱。母亲小时候生活很苦，既要做家务又要带弟弟，可是她的成绩一直都很好，但最终还是因为家庭原因读到初中就辍学了，这成了她终生的遗憾。让我印象尤为深刻的是，不论母亲农忙有多累，她回到家都会检查我的作业，辅导我的功课，这和其他同学的母亲有很大的区别，他们的母亲并不关注他们的作业。母亲喜欢读书，读书很快，没有书可读的时候就会看字典，足可以看出母亲对读书的情有独钟。当我有不认识的字时，母亲竟然能直接在字典中找到，这让我感到惊讶，母亲说："读书百遍其义自见，字典多看，你就熟悉了……"所以我也养成了一个读书习惯，一本书我总是喜欢多读几遍，一定要把书的内容理清楚才能安心。我很感谢母亲，她一直是我成长路上的指引者，不论是读书，还是人生道路的选择，她都是我的榜样，是我前行的力量。

到了初中，我过上了寄宿生活，对于一个十二岁的孩子来说，这是挺困难的事情，更何况是和很多大姐姐一起住在一个大屋子里，总是会因为想家偷偷抹眼泪。难过的时候依旧喜欢读书，徜徉在文字中的时候就会忘记很多东西。同住的姐姐们有很多种类繁杂的书，武侠小说、杂志、名著什么都有，看着这些书，我就像是一条找到水的鱼，肆意欢乐。读到温瑞安《白衣方振眉》的时候，我不禁为武侠世界里的快意恩仇、畅游江湖为所动，这之后开始喜欢读一些武侠小说，也了解了金庸、古龙、温瑞安等一些大家的作品，他们文字功底深厚，往往能把读者带入一个宏伟的武侠世界里。这些书中往往还有很多诗词，"四张机，鸳鸯织就欲双飞，可怜未老头先白，春波碧草，晓寒深处，相对浴红衣。"——《射雕英雄传》"天地四方为江湖，世人聪明反糊涂。名利场上风浪起，赢到头来却是输。"——《侠客行》，当时读到这些诗词的时候并不是很懂，只是觉得才华横溢，便都抄在了本子上，这也让我对古代文学产生了浓厚的兴趣。因为当时中考要考四大名著的知识，可是实在是提不起什么兴趣，便潦草地读了读，但是对《红楼梦》中的那些诗句却是印象深刻，只觉得曹雪芹这人当真是一奇人，一句"假作真时真亦假，无为有处有还无"竟教我沉思许久，却还是想不明白，直到上大学以后再读《红楼梦》，读到此句才有些许感悟。除了这些，作为一个青春期的小姑娘，更喜欢去看那些充满青春气息的杂志，《男生女生》《故事会》，这些杂志中的故事伴随我度过了自己那一段最美的初中时光。读书的人总是会想很多，特别是我，读完书总喜欢闭上眼天马行空地想象，日记的字里行间里都是一个小姑娘的美梦和幻想，对世界的憧憬、对未来的期许、对人生的思考，也许从那时起，才让我真正感受到读书不仅可以学习知识，更是为了陶冶情操，让平凡的人生有了更多的美好。

高中时期我把大部分时间都用在了学习上，每天要沉浸在题海中，为了高考一搏。也曾迷茫，也曾叛逆，却终觉在读书中平静自己，找到方向。假如你避免不了，就得去忍受。不能忍受生命中注定要忍受的事情，就是软弱和愚蠢的表现。（夏洛蒂·勃朗特《简·爱》），《简·爱》是我十分喜爱的一本书，我从书中看到了一个女孩的成长，追求自由的坚强。人的一生应当这样度过：当他回首往事时，不会因为碌碌无为，虚度年华而悔恨，也不会因为为人卑劣，生活庸俗而愧疚。（奥斯托洛夫斯基《钢铁是怎样炼成的》）我把这段话抄在了本子上勉励自己，告诉自己不要把人生过得平庸，要努力让自己把有用的东西留在这个世界上，才能不枉此生。高中时期虽然忙碌，却也读了一些外国名著，让自己的思想得到了更多的升华，开阔了视野，也让我对未来有了合理的规划。

在高中时期，我爱上了古代文学，对《劝学》《出师表》这些文章痴迷不已，感慨古代文人墨客的才华，词采丰富，韵律和谐，字里行间都是对文字的运筹帷幄，简单几个字就能给我们描绘一个意境，诉说一段故事，吟唱一番情怀，这怎能不叫人敬佩痴迷？那时候还尝试用古文写作，只不过文字功底有限，写出来的虽是不伦不类的，却还是喜欢不已。

真正让我走进文学的是大学时期，学的是中文，当然就要读很多书，但不是无目的性地读，是在老师的指导下读，读了中外好多文学作品，认识了好多文学大家，也学习到了很多专业的文学知识。余华的《活着》

让我印象深刻，里面的"活着本身只是为了活着"给了我很大的触动，我还为此写了一篇论文。《许三观卖血记》我读得很压抑，许三观靠卖血渡过了人生一个个难关，可是最终在老的时候精神还是崩溃了。莫言的书我们读了很多，我在这里要提一本当时老师推荐的《檀香刑》，这本书里描写的刑罚真的很残忍，让我一度有些看不下去，可是读完心中久久都不能平息。莫言的文字描绘太真实，让人压抑苦闷的同时，也让人看到了祖祖辈辈为了反抗压迫和屈辱的牺牲，看到了中华民族血液里流淌的不屈和坚韧。张爱玲的书中有很多惊艳的句子，《金锁记》中那被困一生的女子该恨还是该怜，我说不清。只有《倾城之恋》里白流苏看似成功扭转了自己的人生，那之后的日子也许是有些许遗憾，可那份安稳足以抵消得了这份微不足道的遗憾！爱在或不在，生活依旧在。我对张爱玲的喜欢更多的是因为她这个人，喜欢这样的女子。钱钟书的《围城》让我对"围城"这个词有了很深刻的思考，"城外的人想冲进去，城里的人想逃出来"。婚姻是这样，工作何尝不是如此？王小波的时代三部曲《黄金时代》《白银时代》《青铜时代》我很感兴趣，但最终只是读了《青铜时代》，足以感受到王小波的特别。至于老舍、巴金、鲁迅、郁达夫这些作家的书我都读过，这要感谢大学里的这些课程，让我在每一段的学习中都要读一些书，能够走进文学的历史长河中，感受中国文学史的璀璨成就。同时我还读了一部分的外国文学著作，《呼啸山庄》《傲慢与偏见》《羊脂球》……总而言之，整个大学期间我读了很多书，当时还能结合历史背景、意识形态等进行深入讨论，可是现在竟有些模糊了，然而书中的人物和当时看书时的感受仍旧铭记于心的。

工作之后看书的方向都是围着教学、班主任管理展开的，都是为了让自己能够在工作中更专业一些，完善自己，努力成为一名优秀的教师。读的第一本书是《美丽的教育——写给年轻的班主任》，这本书给了我很大启发，让我明白了教师的爱对于学生来说是多么重要。特别喜欢里面孙老师的很多教育理论，很有实践性。这之后还陆续读了一些，对我的职业生涯成长起到很大的作用。

读书改变了我的人生轨迹，让我找到了人生的定位。可是让我惭愧的是随着年龄的增长，对读书的热爱渐渐被需要代替，现在读书仅仅是为了需要获得某种技能或者理论才去读书，再不是年少时因为喜爱而读书。之前读书时如饥似渴，特别喜欢一个人静静品味。可是现在读书却成了任务，书架上的很多书都落了灰尘，实在是惭愧不已。今天写下这篇读书史，让我回顾了这二十几年来的读书历程，心里五味杂陈。那些年读书的美好让我的心随着回忆悸动，那些年认识的书中人物在我脑中又活了起来，最重要的是我找到了最初读书的目的——让自己变成一个美好的人。我人生的前半段因为读书才有了今日的收获，希望我人生的后半段依旧可以以书为伴，让我在这漫漫人生路上不虚此行。

我的个人阅读史

在闲暇时间，泡一壶清茶，坐在窗前的小竹椅上，读着我喜爱的作品，这就是闲暇时读书的乐趣所在。书是能让人痴迷的，它能让浮躁的内心渐渐地平静下来，忘却一切烦恼。在我看来，读书就是流连于山川美景之中，读书就是我们与作者心灵与心灵的交谈，有时我们就化身为作者笔下的主角，经历多彩的不同的人生，有期盼，有惊喜，也有恐惧和焦急，甚至还有出乎意料的感叹。一直喜欢读书，因为即便我足不出户，仍然会知天下事，赏天下景，阅天下人，这次有幸加入读书会，有机会写一篇个人阅读史，真是幸事，于是乎，涂鸦记录我与书的文字。

启蒙篇

喜欢读书的情形，应该是深受父亲的影响，父亲是老师，而且是初中的语文老师，热爱运动和看书是父亲最大的爱好，记忆中，家里的书

177

架上、书架旁的地上摆满了各式各样的书籍，每当闲暇时间父亲都会拿出一本书坐在书桌前，或是门口，或是窗外的树下，聚精会神地沉浸其中。我来到这个世界之后，妈妈在做家务的时候常常把娇小的我交给爸爸，一般这个时候父亲都会在我身边放上好多的玩具，而他则拿出书来看得津津有味，时不时地会放下书籍看看我在做些什么，之后会继续翻看书籍，稍微长大一点后，父亲会把我抱在怀中，用他那带有磁性的声音给我读书听，可能这就是我与书结缘的开始。

上了小学，父亲还会时常地给我讲小故事听，故事非常精彩，记得其中的一个是小企鹅的故事：企鹅妈妈又有了一个企鹅宝宝，妈妈把更多的时间花在用来照顾宝宝身上，小企鹅感觉父母不像以前那样地关爱自己了，独自一个人躲在角落里，默默地哭泣，一边啜泣一边喃喃自语："妈妈不爱我了，妈妈不爱我了……"听到这里，我也如同那只躲在角落中的小企鹅一样跟着流泪……父亲当时告诉我企鹅妈妈不是不爱小企鹅了，由于宝宝还小，需要精心照顾，其实爸爸和妈妈对两个孩子的爱是相等的……小企鹅终于明白了许多，在妈妈照顾宝宝的时候，主动承担一些家务，有时与父母一起照顾企鹅弟弟……故事结束了，我的内心却久久不能平静，给我的教益更是深刻的——我知道了孩子渐渐长大理应为家里做些力所能及的事情。

初始篇

我渐渐地长大，父母却因教毕业班变得更忙了，照顾我的时间少之又少，他们买来了电视机，让电视机陪我，记得当时比较爱看动画片，如《铁臂阿童木》《海尔兄弟》《四驱小子》《圣斗士》等，但我最爱看的还是《西游记》，清楚地记得当时这个动画片每天更新 4 集，每当动画片快要播放的时候我都会如约坐在凳子上等待着，每次看到精彩处都会非常激动，有时又感到看得不过瘾，正看到兴头上，这集就结束了。这时我的心中就会想，如果要是能够多播放几集该多好呀，一次偶然的机会，看见了爸爸书柜上白话文版本的《西游记》，我迫不及待地就翻看起来，目录中一类人物，经典情节映入眼帘：占山为王、大闹龙宫、大闹天宫、三打白骨精、高老庄收八戒、大战流沙河等，这些扣人心弦的情节让我难忘，我的童年在书的世界里便充满了无限美好。无论是念念叨叨的唐僧、憨态可掬的猪八戒，任劳任怨的沙和尚以及有勇有谋的孙悟空，都给我留下了深刻的印象。唐僧师徒四人，西天取经，历经九九八十一难，终于取得真经，修成正果，这个故事也向我们昭示了一个道理——不管通往成功的路上有多少困难，我们都应当不怕艰难险阻，努力完成自己的人生理想。

行动篇

到了初中，至今还记得中考有一道选择题是名著阅读，当时为了这道题不丢分，于是开始看起了中学生必读"四大七小"名著，最经典的要数四大名著中的《水浒传》《三国演义》《红楼梦》了，最先看的是《水浒传》，现在回想起来，仿佛又回到了那个纷乱的年代中，那个昏庸腐朽的朝廷，奸臣当道，百姓生活苦不堪言，生活所迫，民不得不反。一个又一个鲜活的画面，一个又一个英雄人物：及时雨宋江、花和尚鲁智深、八十万禁军教头林冲……他们在我的脑海中浮现，忠厚率真、疾恶如仇、深明大义，他们让我知道了什么是英雄本色。

第二本书是《三国演义》，文中讲的是东汉末年到西晋初年的一段漫长历史，开卷词我很喜欢，"滚滚长江东逝水，浪花淘尽英雄。是非成败转头空，青山依旧在，几度夕阳红……"这是一本波澜壮阔的小说，有宏大的历史场面，有让人惊艳的英雄人物，有运筹帷幄的阴谋阳谋，那是一个动乱频发、英雄辈出的时代。经过一次又一次的激烈战争后，形成了三国鼎立的局面，最后司马炎统一了各方，结束了三国时期。这本书可以说让我大开眼界，百读不厌，其中诸葛亮羽扇纶巾足智多谋的形象让人敬佩。

第三本书是《红楼梦》，其实当时感觉读这本书怪怪的，说不上是什么感觉，就是有些没有读懂。可能跟年龄小和阅历少有关吧，四大古典名著中成就最高的当推《红楼梦》了，我居然没看懂，看来我还有很大的努力空间啊！

其实这样的书我还读了很多，如《鲁滨孙漂流记》《童年》《在人间》《我的大学》《骆驼祥子》《格列佛游记》《钢铁是怎样炼成的》《简·爱》《稻草人》《假如给我三天光明》等，这些都是我初中读的名著。

休闲篇

到了高中，由于学业繁重：一是压力大，二是闲暇时间少，通过朋友才初步认识了"快餐文学"，比如说当时比较火的网络连载小说《斗破苍穹》，这本书写的是在一个只属于斗气的世界中，没有花哨艳丽的魔法，有的仅仅是繁衍到巅峰的斗气，主人公从一个落魄家族的少爷一步步走向世界巅峰的历程，可以说这本书是在繁忙的高中学习生活里让我感到有乐趣又能让我放松压力的最重要的书，虽然说这种"快餐书籍"大多数是为了消遣，但是我也不否认在大浪淘沙的书海中，让我们知道了存在必有道理的论证，虽然说是一种消遣书籍，但也会给我一些人生的启迪，我记得最经典的一句话是"三十年河东，三十年河西，莫欺少年穷"。他让我知道只要你有志气，有理想，肯吃苦，肯努力，就会离成功更近一步的。

奋进篇

到了大学，我当上了班长，平时比较忙，看书的时间又变得少了很多，直到毕业后参加工作，当上了一名教师，在工作中发现自己还需要提高很多，于是开始看起了《爱的教育》《如何能成为一个好的班主任》《心理学》《教育学》等，是这些书让我在教学和面对孩子时变得更加从容自如，还记得跟好哥们一起吃饭，听着朋友在饭桌上很自如地讲解历史小故事，我才发现我也需要再读一些历史人物的书籍了，于是，我开始读了《张居正》《明朝那些事》《康熙王朝》《雍正王朝》等，这些让我收获颇多。

其实，读书是一种自我提升的艺术，读书是一种自我学习的过程。一本书中有一个故事，一个故事就是一段人生。读书使人明智，读书使人高雅，读书是一种优雅的品质，塑造人的精神，升华人的理想。让我们做一个溢满书香的读书人吧！

手捧书卷　阅读留香

黑龙江省哈尔滨市阿城区永红小学　王继鑫

"阅读史"！敲击出这三个字实在有些汗颜，有些惶恐，就个人而言，喜欢读文字，是那种随性地、无规律地读，大多是没有常性罢了，不敢妄称是真正的"阅读"，更无"史"可谈。那就整理一下自己曾经的读书过往吧，以时间为轴？以片断串联？且回忆且珍惜。

与文字的缘分，从记事时起，应该是那些有图的画报吧，但文字不多，印象已渐渐模糊了。因为母亲在图书馆工作的原因，很方便接触到一些书籍，不过那时最喜欢的是小人书，有成系列的《三国演义》，一套几十本吧，也有不成系列的、残缺不全的，反正只要有图大概看得懂就行，至于说字，管他呢，认得就读，不认得就猜。就在这半认半猜中，接受了最早的读文字的启蒙吧。至今家中留有几捆书页泛黄的小人书，和现在书店中售出的那种装帧精美的小人书绝对不可相提并论，但是有着一份情怀，虽束之高阁但亦不敢随意抛弃。

印象颇深的还有一套纯文字、没有图的《365夜》，一天一个故事，讲道理的居多，一般是睡前大人读给我听的，读完后再加上几句殷切的嘱托。后来上了学认得字多了，那就自己读，反复读来读去，很多故事都能讲述得出来，竟至爱不释手了，几次搬家，一直没有舍得扔掉，想着作为一种传承，没想到到幼子手里几日，便身首异处、面目全非了，很是惋惜不已。

再大一些，不需要大人辅助去读了，开始了"墙壁读字"。所谓"墙壁读字"，就是趴在墙上或者仰头看着棚顶去读的，那时每年都要粉刷墙壁或者用隔年的旧报纸糊墙，也是母亲工作的原因，家里报纸糊墙的时候居多，面积大、粘得牢，比普通书纸好太多。偶然之间，发现有故事可读，或仰或站，或侧身或歪头，读得尽兴半天不挪动一处。往往，看到一半而另一半在背面被牢牢粘住，急得不能自已，甚至想偷偷撬开，试过两次，因浆糊的功力深厚，无法得遂，只能罢了。

夹杂"墙壁读字"的同时，还有至今仍无法改掉恶习的"如厕读字"。那时的厕所并没有室内卫生间，都是室外的公共厕所，也并没有高级的卷纸，一般都是准备几本废旧书籍吧，撕了几张，蹲下先看看那字是否吸引人，耐读的话就看完再说，腿麻了才晓得，冬天手会冻红，夏天则忍受一会呛鼻的臭味，现今环境虽已升级换代，但也总是拎着手机看会再说。这段文字，实难登大雅之堂，不过却是有趣之回忆，每思及此，都为当时那傻傻的见文字就亲的疯魔而感动，现在真的无法再找到当时那种感觉了。

杂七杂八地读了一些文字，但收获并不多，只是关注热闹的场面或者故事情节，大部头名著不多，值得回味留香的语句并没存下多少。初中、高中，因学业原因并没有太多时间允许去读课外的东西了，家里看得紧、学校查得严，那就开始偷偷地读了。

一种是"挂羊头卖狗肉"式。一如很多人干过的，外面包着语文书或某某书字样的书皮，里边其实是一本武侠小说（言情看得少），光顾租书室居多，毕竟得瞒着家里人才可，而且还得快点看完还回去，按天算钱的，一天五毛，在那时并不是小数，只有寒暑假才敢堂而皇之去母亲单位拎几本回家慢慢读。古龙、金庸、梁羽生、李凉……说起当时的武侠小说家至今如数家珍一大堆，这些文字的的确确可以称为"闲书"了，不过却丰富了一个男孩的武侠梦，而书中那些精彩的描写真的是让人欲罢不能，沉迷其中。大学受一位同此爱好的室友影响，再次重温某些经典武侠小说，如金庸的"飞雪连天射白鹿，笑书神侠倚碧鸳"，如古龙的几个人物系列，不得不说，家国天下的英雄情怀其中有教导，涉及人文、历史、文化等，也算是博大精深呢。

再一种是"拿来主义"式。正如清人袁枚《黄生借书说》中提到的"书非借不能读"，别人的书永远比自己的好，因为没看过所以千方百计借来一阅。曾流行过一阵校园文学，《花季雨季》《正是高三时》……满足了很多中学生对象牙塔之外生活的一种渴望。高中时允许班级订阅一些文学性较强的杂志或者刊物，约三五好友，订不同种类内容，每到发放刊物那几天，绝对是最兴奋的，往往晚自习是最安静的时候，忙于埋头"苦读"。

现在回头来看，那时读的东西虽多，真是的确不敢称之为"阅读"，多是消遣类文字居多，无目的、无意识的时候居多，也有去读《青春之歌》《基督山复仇记》《三个火枪手》等中外名著，也有读过一些人物传记，不过印象都不够深切。大学里，有大把的时间可供自己支配安排，也有足够大的图书馆可供借阅，同时因为所学专业的原因，才有时间去读更多的名著，不敢说广泛涉猎，不过也对古代文学、现当代文学有了些许了解。那时所读的书杂七杂八，兴之所至，看上眼的书便先借了再说，翻看几页觉得无味就匆匆送回的情况也有发生，所以大学毕业时虽借阅数量在图书馆借阅排行榜上名次比较靠前，也是有"刷榜"的嫌疑了。

犹记得大学时正是网络兴起时，很多人甫一接触，就会被网络的神奇所惊诧，聊天、游戏、查资料……如雨后春笋般的聊天室、BBS 等，托起了一批"痞子蔡"之流的所谓的网络写手，网络文学便由此风靡一时。对此新生事物，我自然也无法免疫，读得多了，也就有了一些想法，大学毕业论文的主题竟也由此方向切入，不得不说当时对网络文学的入境之深了。

走上工作岗位，由于教学经验的匮乏，才算是真正开始学习性的阅读。为了不断提升自己的业务能力和教育教学水平，我刻苦研读教育专著，如《教师专业化的理论与实践》《给教师的建议》、魏书生的《班主任工作漫谈》、李镇西的《做最好的老师》等。同时常年订阅《小学语文教师》《教学月刊》《小学语文教学通讯》等，我犹如一棵小苗从这些教学杂志中不断汲取丰富的营养。班级管理上，有《班主任之友》一个个鲜活的教育案例、一条条实用的教育锦囊，为迷茫的我点亮了一盏明灯。在教学经验上，从一个个实用的课例中获得诸多启迪，照葫芦画瓢，慢慢学以致用。

一个语文老师不光要有一定的文学底蕴，深厚的文本解读能力和精湛的教学设计能力是不可或缺的。我还认真捧读了王崧舟、窦桂梅、吉春亚、张祖庆、闫学等名师的教学设计，特级教师的功力是我望尘莫及的，只有学习，再学习。近两年疯狂地迷上了何捷，他的作文教学、他的课堂智慧，都让我赞叹，关于他的书籍至少也入了十来本了吧，不敢说都做到了一一细读，但真的从中获益匪浅。

在平时的教学中，每接一届学生，我都非常重视孩子的阅读，培养他们博览群书的习惯，希望他们能因阅读而变得睿智、博学，希望他们的人生能因阅读而与众不同。在小学高年级语文课本中，每个单元几乎都有新课标推荐的书目，我一边给学生推荐好书，一边自己阅读。如林海音的《城南旧事》、高尔基的《童年》《在人间》《我的大学》、黑柳彻子的《窗边的小豆豆》、亚米契斯的《爱的教育》、加拿大女作家蒙哥马利的《绿山墙的安妮》、英国作家笛福的《鲁滨逊漂流记》、美国小说家马克·吐温的《汤姆索亚历险记》，还有《爱丽丝漫游奇遇记》《安徒生童话》《小王子》《海底两万里》《假如给我三天光明》等。

对自己的读书过程进行梳理之后，才恍然发现，读的书真不够多，休闲类居多、实用主义类居多，而真正提升专业理论素养的还不够。"一个人的精神发育史就是他的阅读史"，每每看到这句话，我都觉得很有道理，自认我的精神发育史不丰富，因为我没有丰富的阅读史。

未来的日子里，手捧书卷，品茗阅读。

读书其实是在读人生

黑龙江省哈尔滨市阿城区和平小学　王士强

之所以喜欢读书，是因为读书能进入另一种生活，之后从"另外一种生活"里走出来，人便有一种甜美、满足的感觉。这种感觉是任何别的东西所不能代替的，它给人一种向上、自信而晴朗的滋味，一番沉浸下去又走出来的那种特别的心情，就是一种晴朗天空一样的让人心情舒畅，换句话说，心就像被打开了一样。

我的读书历程是从小学三四年级开始，偶然之间得来一本破旧、泛黄的书，封皮不知道哪里去了，书脊上能看出是郑渊洁的《童话大王》，那惊险离奇的故事情节，带给我一次又一次奇妙的体验。或捧腹大笑，或针砭时弊，或疾恶如仇，或灌输人生鸡汤。自此就被飘着墨香的铅字所深深地吸引，从此手不释卷。那时候能读到最多的就是课本，每学期一开学发了语文书，就迫不及待从头看到尾，接着眼巴巴地盯着看哥哥手里的语文书。家里最常见的读物就是每周一期的《广播电视报》，每次都要等爸爸、哥哥看完我再看，实在等得抓心挠肝，干脆就趴在背面看，每次都不会放过每一个栏目，包括节目单。再后来，就是在每个周末，门口等着邮递员……记忆最深刻的就是哥哥不知道从哪里弄来许多花花绿绿的小人书，看着精彩的画面再对应着有无限想象空间的文字，对我来说完全是沉迷于另一个奇妙的世界。

上初中的时候我就开始住校，能每天读到的书就是《中学生优秀作文选》，每每回想起这些事情的时候，总是羡慕现在的孩子，能有那么多想读就读的书。初二时，从堂姐那里借来一本《红楼梦》。这本书我读了很多遍，从那时一直到现在，从开始的读得懵懵懂懂，读得磕磕绊绊，到后来能够厘清其中的人物关系，以至于对贾宝玉和林黛玉对爱情的执着，最后林黛玉落得个"一朝春尽红颜老，花落人亡两不知"的悲惨结局而感到无奈、痛惜。总忘不了林黛玉葬花一幕，一句"侬今葬花人不知，他年葬侬知是谁？"让人潸然落泪，理解黛玉的多愁善感。很多时候都是沉浸在小说的情节中无法自拔，常常为主人公的悲惨遭遇而黯然神伤。

高中时，学校附近有租书的地方，于是我就有机会租书来看，那个时候别人都选择看琼瑶的言情小说，当时《窗外》《一帘幽梦》等作品火遍大街小巷，而我独独喜欢看武侠小说。金庸的《书剑恩仇录》《笑傲江湖》《碧血剑》，古龙的《楚留香传奇》，还有梁羽生的武侠小说，好多书已经记不清名字了，可是那一幕一幕铁血相击、情仇纠结的画面，却成了令我心动神驰的传奇故事，回味无穷。每到假期，哥哥都能从学校带回四本厚厚的书，书名不记得了，只记得每本书拿在手上就会有一种莫名的激动和充实感，整个假期就可以在那些令人着迷的文字中尽情徜徉。

进入大学校园，最令我兴奋的就是学校里有一座规模宏大的图书馆，我可以随时借阅我喜欢读的书，只要一有空闲时间就扎进图书馆，贪婪地汲取每一本书的营养。那段时间我读了大量的外国名著，读了《苔丝》，让我感叹主人公苔丝悲剧的一生。读了情节玄妙的《双城计》

和《高老头》所描写的世态炎凉，让人惊叹，促人深思。读了莎士比亚的《威尼斯商人》，从中体会了友情的珍贵，故事情节曲折有趣，有浓厚的喜剧色彩。《包法利夫人》这本书不禁让人思索人性的本质。《茶花女》这部书没有华丽的文字，但那真挚的感情对白会让人身临其境。《呼啸山庄》它教会了我保持人性的尊严和心灵的自由。《简·爱》让我认识了一位有理想、有抱负、有个性的女性形象。司汤达的《红与黑》通过人对欲念的执着追求与追求不到的痛苦来批判那个时代的社会现实。《悲惨的世界》感受爱的世界不悲惨，播种爱的种子，让世界成为爱的世界。《飘》是我最喜欢的书，喜欢主人公斯佳丽的勇敢坚强，喜欢瑞特的机智果断，喜欢玫兰妮的外柔内刚。《安娜·卡列尼娜》中有这样一句话：人生的一切变化、一切魅力、一切美都是由光明和阴影构成的，所以我们不要在意一时的快乐和失意，这些都会过去的。《复活》让我知道去追寻，也许受用的不只是追寻最终得到的，还有这一路上看到的。《唐·吉诃德》这个疯疯癫癫的骑士，他的种种行为在逗我们发笑的同时，还会被他的执着精神所打动。看了《少年维特的烦恼》，我们要知道，太理想主义的生活并不存在，只能是坚守自己的内心，做不到完全不在乎别人的眼光，就做到不要太在意别人的眼光，多考虑自己的感受，多看书多运动，让生活更精彩。《牛虻》你可以失去一切，但是你却不能让你的意志变得软弱，因为，如果你拥有了坚强的意志，那你便有能力去创造你想要的。《巴黎圣母院》美丽而又善良的女神艾丝美拉达和相貌丑陋的卡西莫多，他们演绎着一段传奇，令人久久不能忘怀。"一个人并不是天生就要被打败的，你尽可以消灭他，却打不败他。"这句话出自《老人与海》，这本书让我们认识了海明威笔下的硬汉——圣地亚哥。我还看了高尔基的自传体三部曲《童年》《在人间》《我的大学》。还有好多已经记不起名字的书。

以那时的疯狂读书的状态，自然不会放过许多中国古典名著，四大名著自不必说，当时对《红楼梦》的痴迷，差点就要去研究红学了。也读了路遥的《人生》《平凡的世界》，他的作品多是表现现实与理想的矛盾，爱情与生活的冲突，相信作品本身也是反映了作者对人生的思考吧。曾经有一段时间专门去找鲁迅的文章来读，有《呐喊》《彷徨》《阿Q正传》《狂人日记》等，每每看完他的一篇文章，总是要回味良久，然后再去品读，感受那文字背后的深意，那文字犹如一把冷冰冰的刀，直直地刺入灵魂，一针见血地让人战栗，读过之后有一种酣畅淋漓的痛快之感。老舍的《骆驼祥子》中"其实雨并不公道，因为下落在一个没有公道的世界上。"一句，突出了社会的黑暗和主人公祥子对当时社会的不满。初识《儒林外史》是通过其中一个最经典的故事《范进中举》开始的，看完之后不觉惊异于作者的独具匠心，整部作品以"讽刺"为主，反映了明清两代儒生的功名生活，深刻地揭露了封建社会制度。冯梦龙的三言和凌濛初的二拍，这些作品语言通俗易懂，扬善惩恶，劝谕、警戒世人。这时回想起那读书时的日子，仿佛都被书填满了，充实而又美好。

大学毕业之后，走向工作岗位，又开始读教育类、班级管理类的书籍。每次出去参加培训，都会带回一套教育专家推荐的书籍，《非常教师》《教师最需要什么》《魅力教师的修炼》……这些书籍又让我对教师的工作有所感悟，让我体悟到教师的人生，需要生命的活力和灵动的激情；教师的人生，需要体验教育的快乐与幸福，教师的人生，需要教师在认识自我、发现自我、创造自我、成就自我中净化心境，体会着活着有价值、有意义，感悟着人生的真谛。现在我又陪着我的孩子和我的学生们，重新走过一遍令人神往的读书历程，我跟孩子们一起读《海底两万里》《鲁滨逊漂流记》《三毛流浪记》《爱丽丝漫游仙境》，我跟他们分享我的读书故事，同孩子们一起感受读书带来的快乐。当董卿的《朗读者》这档节目成为一道醒目的文化风景、一种引人深思的文化现象的时候，由此而起的诵读文学经典的热潮。《朗读者》这本书也就成为陪伴我们全家的旅途书籍，那些文字中的爱与恨、悲与喜、生与死、豪情与希望，给人以深刻的启示。

读书是人生中最快乐的事，因为书可以给你带来欢乐、感动，甚至悲伤，清风明月之夜，一卷在手，纸页沙沙，书香缕缕，兴起而读，兴尽而止。读书于我而言已不仅是开拓视野，增长才识，而是一种心灵的慰藉，是一种享受。

读书其实是在读人生，许许多多的人生，书中总是汇集了一些独特的魂灵，有时感觉就是借助读书深深地翻阅自己。读书是为灵魂寻找镜子，用心去领会书的思想内涵和精神实质，并用以洞照灵魂与心智。

阅读是人生最美好的遇见

黑龙江省哈尔滨市阿城区第六中学　杨秋娥

　　岁月静寂，时光清浅，在流年锦瑟的过往里，微醉于书香，安然于相夫教子的平淡，细品人生的繁华岁月。书，之于我，乃红尘中的一扇窗，打开，看到人间万象；翕合，回归内心宁静。书之于我的家庭亦是美玉瑰宝，灵动于平凡而琐碎的生活中。

　　心若繁花，书为绿叶。大学时代，正是灼灼其华的样子，常常手不释卷，或倚于寝室之床榻，或流连于校园之林荫小路，或于花前，或于亭内，静静地享用文学名著的滋润，经常会随作品中人物的命运或喜或悲，仿佛自身离开现实进入作品场景中了。喜欢阅读文学名著，更多的是因为其情趣脱俗高雅，其主题宏远壮阔。从普希金、雨果、陀思妥耶夫斯基到巴金、朱自清、老舍，从《红楼梦》《简·爱》《安娜·卡列妮娜》《复活》到《穆斯林的葬礼》《平凡的世界》，面对浩瀚的文学名著顿觉自己的世界开阔起来。大学时几乎每个周末的大好光阴都在图书馆中沉浸流逝，捧个地瓜就成了午饭，伴随着地瓜的温热和阅读的美好，感到一切都是那么自然惬意，早已忘记了晨昏日暮。成为教师之后，由于工作繁忙，阅读的时间少了许多，但我仍会抽出时间读书，助益我的教育人生，正是通过阅读对内心的关照，才多了一份对生命、对教育、对学生的理解，我也逐渐从一名普通的信息技术教师成长为一名骨干教师，还负责了多年的政工工作，无论是在教学上，还是在学校管理中，是阅读带给我力量，让我处置自若。我始终相信美国诗人艾米莉·狄金森的那句诗：没有一艘船能像一本书，也没有一匹骏马能像一页跳动的诗行那样，把人带向远方。

女人如水，男人如石。石有其硬度，水有其柔韧，用水之柔韧去浸润石之质地，就会逐渐深刻而默契，石最终定会被水包容而沉于水之深处。夫君一介书生，20年前蜗居于乡村一隅，喜好舞文弄墨、读书写诗，常常用娟秀的字体在某个特别的日子带给我一份浪漫，也常常会和我探讨文学作品，共同感受书中人物跌宕起伏的人生。因为我大学时的阅读积淀，在探讨作品细节和人物性格时，总能娓娓道来，每次他都对我充满艳羡的目光，时间长了，他自知学识浅薄，也暗自努力提升自己，记得那时，我们结婚不久，每天晚饭后是我们共同学习的时光，他学习英语，我考他单词；他写论文，我帮他排版；他学习累了，我给他按摩。夜晚在宁静中变短，生活在简单中浓缩，我们的感情也在这相互支撑，相互理解中不断加深。夫君一路跋涉，几经风雨，走了一条少有人走的路，终于从一名中师生成为了一名全日制硕士研究生，圆了他的大学梦，也为孩子树立了榜样。

父母如天，子女待哺。父母是孩子的第一任老师。想要培养好孩子，就要成为好父母。父母首先要成为绅士，才能将孩子培养成绅士。如何将孩子培养成为绅士，我以为方式之一即为阅读。孩子正处于养成阅读习惯的关键时期，父母有责任和义务帮助孩子认清阅读的意义，培养他们阅读的兴趣，养成良好的阅读习惯，为他们的人生奠定快乐美好的基调，打下深刻丰富的精神底子。十九年前，宝贝儿子降生，我成为一名母亲，儿子晚上难寐，我也无法入眠，于是从最开始的歌谣小册子开始，我坚持为儿子读书，讲故事，儿子听着听着就睡着了，后来家里有了网络，就下载了一个听书软件，每天临睡前给孩子播放《了不起的狐狸爸爸》《吹小号的天鹅》，每次孩子都听得津津有味，一家三口静静地听着，静静地享受故事的美好。孩子稍大，我和夫君常常领孩子去书店，一次待上几个小时，让孩子挑选自己喜爱的书，夫君每次出差也总是给孩子买书作为礼物。于是家里的书渐渐多了，至今藏书有近 2000 册，并仍有大涨之势。如何让孩子喜欢阅读、享受阅读并在阅读中得以创造是许多家长经常探讨的话题。英国当代著名的青少年文学大师、国际安徒生奖获得者艾登·钱伯斯所著的《打造儿童的阅读环境》正好帮助我们解决了这一问题。由这本书开始，我阅读了大量的儿童文学方面的著作，深刻认识到儿童及儿童文学的意义与价值，这为我教育自己的孩子打开了一扇窗。我学会了营造温馨舒适的阅读环境，学会了帮助孩子挑选适合他的读物，学会了做一个有协助能力的大人。因此，孩子得以养成良好的阅读习惯，简单而精致的书香得以充溢在他的童年里。儿子现在已经读大学了，但回想起和爱人一起陪伴他阅读的时光还是那样幸福而美好。曹文轩的《草房子》和《青铜葵花》让孩子体会到了苦难与人性的美好，E.B. 怀特的《精灵鼠小弟》、罗尔德·达尔的《了不起的狐狸爸爸》让孩子体会到了幽默的乐趣，米切尔·恩德的《毛毛——时间窃贼和一个小女孩的不可思议的故事》让孩子对"灰先生"念念不忘，而"毛毛"的制胜法宝亦即她的精神力量将永远给孩子以鼓舞。那段时间，家里总是洋溢着各式各样从书里飘出来的快乐，正是在那些儿童文学作品中，我和孩子共同回归人性的美，共同经历了作家们提供的生动的、丰富的、有趣的世界。

纤尘陌上，一路走来，手捧一本含香的书卷，顿觉幸福蚀骨，芬芳漫溢。有人说，读书是世界上门槛最低的高贵举动。我以为，阅读是人生最美好的遇见。任岁月流逝，时光煮雨，有书陪伴的女人就拥有最美丽的容颜，有书陪伴的女人就多了一份淡然，有书陪伴的女人就了然相夫教子的乐趣。一书一世界，一字一乾坤。在书香中，谱写如莲的心境，在喧嚣中，安顿纷扰的灵魂，在人生里，雕琢最美的画卷。

后记

在疫情肆虐的日子里，各条战线上的同志英勇奋战，用忠诚和热血谱写人间最美的抗疫乐章，教育系统的抗疫尤为让人感怀。各位领导身先士卒，以身作则，不仅亲临一线，而且常常深入各卡点进行慰问，给予卡点人员温暖和鼓励。疫情也催生了在线教育的发展，广大教师坚持利用云课堂及多种工具对学生开展在线教育和心理辅导，开启了一个新的教育时代。

在抗疫和网络授课的间隙，阿城区中小学教师新教育读书会的会员们坚持阅读，并写下读书随笔，用文字记录生活，反思教育教学，这对于他们具有重要的意义，因为阅读让他们在疫情中仍有所得，仍有希望，仍有精神。一些老师的作品还得到了编辑老师的青睐得以发表，这对于他们来说更是一种莫大的鼓舞，其实，"相信种子，相信岁月"正是这样的，只要你去坚持，只要你去行动就一定能有所收获的。这本个人阅读史文集得到了海门市新教育培训中心常务副主任王领琴女士的肯定，她用了三个词——震惊、感动、了不起。她说："老师们能够将自己的阅读史写出来又是向专业反思迈进了一步。"她指出，新教育提出专业阅读是站在大师的肩膀上飞翔，为此我们要阅读教育经典，如苏霍姆林斯基、佐藤学、朱永新老师的书。王主任对一些老师的随笔提出表扬，认为很有质量。但同时也指出，我们阅读的文学类书籍多，学科书籍和专业书籍较少，应该深耕专业阅读，要走向深度阅读，并与工作实践相结合，用大师的理念来指导自己的实践，要读进去，更要读出来。尤其是要坚持与学生共读共写，使用共同的语言密码。王主任的鼓励激发了老师们的阅读热情，明确了前行的方向。值得一提的是，源创图书一直以来对读书会给以助力，在此深表谢忱。感谢肖川先生、常生龙先生、王领琴女士、沈丽新女士、刘波先生在百忙中为本书留下嘉言赠语！感谢各级领导、各位校长、各位老师对阿城区中小学教师新教育读书会的帮助支持！感谢我的父母、妻儿、兄弟长情的陪伴，感谢领导、同事、朋友的关心、包容和理解！感谢编辑周佩芳、封面设计陈姝及所有为此书的出版付出艰辛努力的人，特别感谢凌翔先生对出版本书提供的帮助和指导。值此伟大的中国共产党成立 100 周年之际，以此书祝愿党生日快乐，祝愿祖国繁荣昌盛，祝愿阿城教育事业蓬勃发展！

未来已来，教育仍是塑造心灵的伟大事业，教师仍是给学生最大影响的职业，我们有理由相信在新教育之光的普照下，在广大校长教师的共同努力下，我们的师生一定能过上幸福完整的教育生活！因时间仓促，水平有限，错漏之处在所难免，恳请读者批评指正。我的电子邮箱是zhangalong@163.com，谢谢！

张阿龙

2021 年 7 月 1 日

读书让人丰富与阔大，而写作会使人细腻而精致。阅读与写作同行，你就走上了一条光明、温暖、纯净与繁华铺就的人生之路。

——北京师范大学教授　肖川

当教师不再是知识的主要拥有者时，要想把教育工作做好，教师唯有不断地阅读，促进对事物之间内在联系的认识以及让知识结构化，这是新时代教师专业发展的不二法宝。

——上海市教育考试院副院长，特级教师　常生龙

修能读书会不仅改变了教师自身的行走方式与生命状态，也正在改变阿城的教育生态。我们相信：一个人的精神发育史就是他的阅读史。我们期待：浸润书香的阿城教育人一定能相互编织有意义的生活，朝向理想的彼岸。

——海门市新教育培训中心副主任　王领琴

教师能够自觉自愿主动读书自然最好。但有些时候，这样的期待，或许只是奢望。感慨之余，更重要的就是行动。

——儿童成长陪伴者　沈丽新

修能读书会虽然人数不多，但通过读书会建设，培育区域层面的教师读书种子，星星之火，可以燎原，让这些读书种子影响到全区更多的教师，更多的学生。

——宁波市镇海区"研之乐"读书会负责人 刘波